KB106465

지나간 발자국에
담은 일기

지나간 발자국에 담은 일기

발행일 2019년 7월 5일

지은이 유지혁 그림 손예슬
펴낸이 손형국
펴낸곳 (주)북랩
편집인 선일영 편집 오경진, 강대건, 최예은, 최승헌, 김경무
디자인 이현수, 김민하, 한수희, 김윤주, 허지혜 제작 박기성, 황동현, 구성우, 장홍석
마케팅 김회란, 박진관, 조하라, 장은별
출판등록 2004. 12. 1(제2012-000051호)
주소 서울시 금천구 가산디지털 1로 168, 우림라이온스밸리 B동 B113, 114호
홈페이지 www.book.co.kr
전화번호 (02)2026-5777 팩스 (02)2026-5747

ISBN 979-11-6299-740-6 03810 (종이책) 979-11-6299-741-3 05810 (전자책)

이 도서의 국립중앙도서관 출판예정도서목록(CIP)은 서지정보유통지원시스템 홈페이지(http://seoji.nl.go.kr)와 국가자료공동목록시스템(http://www.nl.go.kr/kolisnet)에서 이용하실 수 있습니다.
(CIP제어번호: CIP2019025356)

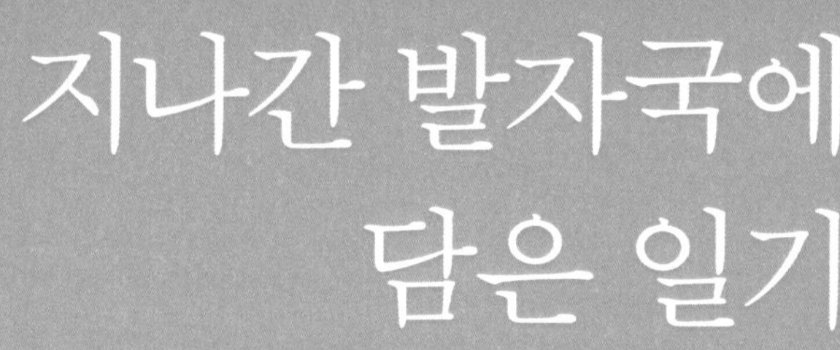

지나간 발자국에 담은 일기

유지혁 지음

삶의 목적지를
찾아 떠난
길치의
유럽여행

북랩 book Lab

프롤로그

1년하고 세 달 정도가 더 지났다. 책이 출간된 후엔 훨씬 더 많은 시간이 지났겠다. 이 책은 찍어 두었던 몇 장 되지 않은 사진, 아련한 기억들과 끄적였던 메모들로 쓰였다. 여행에서 만났던 사람들은 익명으로 기록했다. 감정이 사실을 왜곡했을 수도 있고, 기억이 뒤틀려 시간이 어긋났을 수도 있다. 그러나 최대한 자세히, 그리고 그 시간 나에게 가장 중요했던 감정선을 잘 그리려 노력했다.

회상하며 글을 정리하는 지금도 내가 여행을 다녀왔나 싶다. 나는 분명 거기 있었다. 그곳에서 많은 생각을 했다. 과거의 성찰과 앞으로 살아갈 미래에 대한 고민, 그 언저리의 생각들. 그런데 한국에 돌아와서 다시 반복되는 일상이 생길 무렵 지난 21일의 여행과 여행 이후 보냈던 수개월간의 다짐은 잊힌 일이 되고 말았다. '그랬었지'라며 찰나의 순간에 지나가는 그런 아련한 기억 말이다. 그러던 중 마주한 이 일기장은 그 기억을 조금 더 오래 마음속에 머물게 했고, 그 시간이 지금의 삶을 환기시켰다.

영화 <어바웃 타임>은 내가 가장 좋아하는 영화 중 하나다. 주인공은 과거로 시간 여행을 하는데, 시간 여행을 통해 얻은 것은 평생의 사랑과 오늘을 잘 사는 방법이다. 시행착오를 겪으며 과거 여행을 통해 깨달은 교훈들이, (이제는 과거로 여행을 하지 않아도) 오늘을 행복하게 살 수 있도록 한다. 영화의 주인공처럼 과거로 시간 여행을 할 수 있다면 좋겠지만 일기를 들춰보며 과거의 나를 기억하는 것도 비슷한 맥락이다. 여행 당시의 여유와 설렘, 새로움을 100% 끌어낼 수는 없다. 하지만 퇴근길 스마트폰을 보거나 땅을 보다가 한 번쯤 고개를 들어 하늘을 올려다본다. 여행하면서 수도 없이 올려다봤던 맑고 찬란하게 빛나는 하늘은 아니지만(먼지가 많은 것 말고는) 힘든 하루를 희석시키기에 썩 괜찮은 행동이다. 비가 오는 날이면 비 때문에 젖는 신발과 양말이 하루를 찝찝하게 만드는 대신, 런던에서 우산 없이 걸었던 하루가 떠오른다. 괜히 차에서 내려 우산을 쓰고 걸어 보기도 한다. 매일 반복되는 일상을 살아가지만, 하루하루가 조금씩 다르다. 조금 더 여유를 가지려고 노력하게 됐다. 여행 중 여유로움이 묻어났던 말쑥하고 자신감이 넘치는 그때의 내가, 지금 나와 다르지 않기 때문이다.

여행을 다녀오고 나서 나는 새로운 도전을 하고 있는 중이다. 그러나 여행을 가기 전 힘들었던 때와 지금을 비교해보면 일상이 그다지 많이 다르지 않다. 쳇바퀴 돌아가듯 어제와 오늘이 여전히 반복되고 있다. 여전히 같은 일을 하고 있고 꿈은 (아직 이루어지지 않은) 생각에 머물러있다. 때로는 여행을 하며 느꼈던 좋은 기억과 감정들이 우울하고 답답한 순간을 더 힘들게 하기도 한다. 하지만 그 경험들이 지루하고 평범한 일상을 깬다. 일기장에 적힌 그때의 내가 '내 주제에 무슨', '내 상황에 무슨'과 같은 현실에 좌절하고 안주해버리는 나를 가만두지 않는다. 답답하고 반복되는 일상에서 하는 도전이 어색하지 않으며 즐겁다. 매일 행복할 순 없지만, 때때로 힘이 난다. 퇴근하고 하늘을 올려다볼 때, 비 오는 날 차에서 내려 우산을 쓰고 걸을 때. 그 잠깐의 시간들이 모여 이 책이, 꿈을 향한 첫 도전이 만들어졌다.

나의 이야기다. 내 인생이기에, 나의 오늘을 더 낫게 만드는 이야기다. 이걸 읽는다고 해서 읽는 사람의 삶이 더 나아진다는 확신은 어디에도 없다. 하지만 언젠가 새롭게 각색된 당신의 이야기가 되어, 먼 훗날 땅을 보고 걷는 당신의 삶 중간중간 읽히길 바란다.

MARGUERITAT
MUSIQUE
ET INSTRUMENTS
39 BOUL^D DU TEMPLE

AUTRY-LE-CHATEL
18 20
6 - I
37
LOIRET

A. DURAND & FILS
MUSIQUE
PARIS
4, Pl. de la Madeleine

JULES HEINZ
116 Rue de Rivoli 116

MUSIQUE
V. ROY
Edition BONNEFOND
126, Rue Amelot, 126
PARIS-XIe

BUREAU CENTRAL
DE MUSIQUE
29. Place de la Bourse
A CÔTÉ DU THÉÂTRE

N°5 bis.

JUILLET
1938

Prix: 7f50

MAJORATION
TEMPORAIRE
25 %

L. VERHAEGHE
3, Rue des Carmes
PIANOS - MUSIQUE

MUSIQUE ANCIENNE & MODERNE
Maison Fondée en 1836
Alphonse LE SIGNE
ÉDITEUR
10, Boulevard du Temple

N° 0424617

C O T E N T S

계기

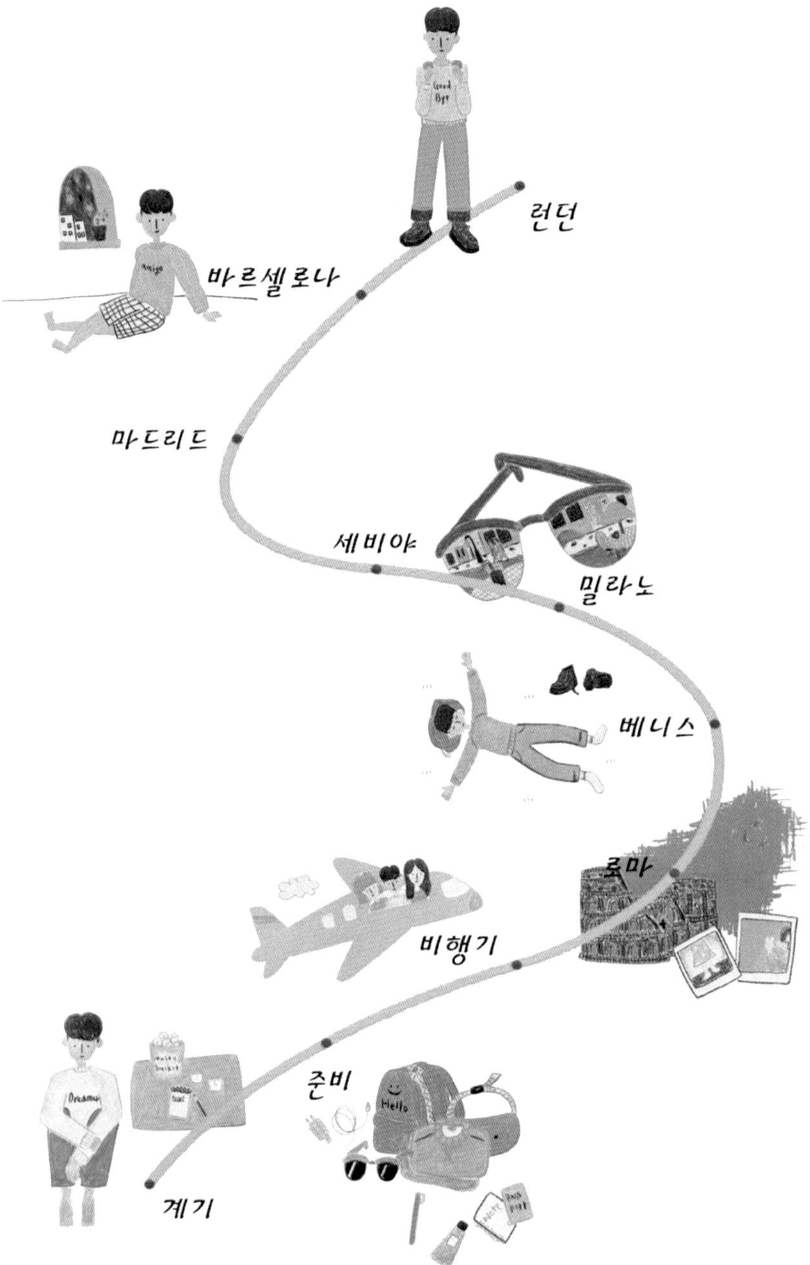

런던
바르셀로나
마드리드
세비야
밀라노
베니스
로마
비행기
준비
계기

결과적으로 여행을 다녀왔지만, 결정의 과정은 아주 길고 험난했다. 나는 대학을 졸업하기도 전에 취업계를 내고 일을 시작했다. 어머니가 운영하시는 편의점 일을 도왔다. 이 가게는 참 내 인생에 애증의 그것이다. 자세히 말할 수는 없지만(말하려면 다른 책 한 권을 더 써야 할…) 우리는 한 푼 쓴 적도 없는 큰 빚이 있었다. 아버지가 일찍 돌아가셔서 어머니 혼자 부단한 노력으로 어렵게 우리 가정의 생계를 이어 오셨다. 어머니의 노력과 주변 상권의 변화로 점점 상황이 나아져서 조금씩 빚도 갚아 나갔다. 하지만 어머니는 과로와 스트레스를 받으며 살아오셨고 그로 인해 몸과 마음 이곳저곳에 크고 작은 병이 생겨서 건강이 많이 나빠지셨다. 몸도 몸이지만 그간 쌓여온 정신적인 스트레스가 상당했다. 그런 어머니를 외면할 수 없었다. 자연스럽게 가업을 물려받아야 하는 상황이 전개되고 있었다. 처음엔 나쁘지 않았다. 편의점 일이 적당히 내 시간도 벌 수 있고, 작가의 꿈도 포기하지 않으면서 일을 할 수 있을 것이라 생각했다. 그러나 생각보다 일이 많았다. 유동 인구가 많아 손님이 많은 것에 비해 알바는 쉽게 구해지지 않았다. 점점 나와 어머니가 일하는 시간이 많아지고, 알바가 없을 때면 잠자고 밥 먹는 시간 말고는 휴식 없이 일을 해야 했다. 어머니의 배려로 이따금 휴식을 가졌지만 마음이 불편한 채 체력 회복만 하는 둥 마는 둥 했었다. 그렇다고 마냥 재정적 상황이 좋아진 것만은 아니다. 수입이 늘었지만 함께 늘어난 세금과 최저시급은 여전히 숨을 허덕이게 만들었고 그럴수록 어머니와 내가 일하는 시간이 늘어났다. 서서 돈 벌어서 누워서 쓴다는 말이 생각나더라.

일을 시작할 무렵, 반복되는 삶을 살다 보면 한 번쯤 삶을 환기시키고 싶은 순간이 필요하지 않을까 생각해 막연하게 적금을 들었었다. 미래를 생각하며 들었던 적금과는 또 다른 종류의 돈이다. 딱히 여행을 위한 돈은 아니었다. 한 해를 마무리하는, 또는 시작하는 시점에 나를 위해 무엇이든 선물하면 좋지 않을까 하는 생각에 모으기 시작한 돈이다. 그리고 아주 적당한 시기에 적금이 만기 됐다는 연락이 왔다. 정체되고 반복된 삶에 하루하루는 참 길고 힘겨웠던 반면, 그 하루가 모인 1년은 정말이지 금방 흘러갔다. 적금을 들었던 것조차도 잊고 살 만큼 바빴다. 매달 빠져나가는 내 피와 살. 잊고 있었던 만큼 성취감도 갑작스럽게 찾아왔다. 이 돈은 이대로 통장에 들어와서는 안 된다. 돈이 쌓여간 시간이 빨리 흘러간 것처럼, 그 시간이 무색하게 이 돈은 내 삶 이곳저곳에 아주 미미한 만족을 위해 흩뿌려져 (가령 빚을 갚는다는 것과 같은) 흔적조차 남지 않을 것이 분명했다. 또다시 이런 식의 반복된 삶은 나를 더욱 우울하게 할 것이 분명했다. 이런 인생, 재미는 고사하고 도무지 지속할 자신이 없었다. 변화가 필요했다.

아무것도 신경 쓰기 싫었다. 내가 필요 없는 세상에 살고 싶었다. 다만 이곳을 벗어나고 싶었다. 하지만 결정은 쉽지 않았다. 나에겐 큰돈이었다. 일도 쉬어야 했다. 결코 아무것도 생각하지 않고, 신경 쓰지 않고 긴 시간을 나 하나만 생각하며 보내기는 쉽지 않았다. 나 몰라라 하기엔 내가 책임지고 있는 것들이 너무 많았다. 결정적으로 어머니가 져야 할 부담이 너무 컸다. 그래, 내 주제에 여행은 무슨.

하지만 어머니는, 어머니와 가게를 외면하고자 하는 나에게 외면할 용기를 주셨다. 때때로 무리해서 쉴 시간을 주시던 어머니는, 같은 마음으로 아무것도 책임지지 않을 자유를 주셨다. 어머니와 어머니의 지인들은 내가 여행할 시간을, 가게 일을 책임져 주시겠다고 하셨다. 그 결정은 단순히 몇 주간의 여행을 말한 것만은 아니었다. 평소 가게 일을 하는 나를 고맙지만 미안하게 생각하고 계신 어머니였기에, 이참에 하고 싶은 일을 해 보라고 하셨다. 물론 여행 이후에 가게 일을 그만두고 다른 새로운 도전을 하는 것에 대해 무엇도 결정하지 않았지만, 어머니의 배려에 눈물이 났다. 꽉 막혔던 숨이 트였다. 새삼스럽게 어머니의 희생이 고마웠고 까맣던 인생에 빛이 쏟아져 내려오는 듯했다. 그렇게 쉽지 않은 여정을 결정하게 됐다.

홀로 하는 여행의 낭만은
배낭에 있다.

준비

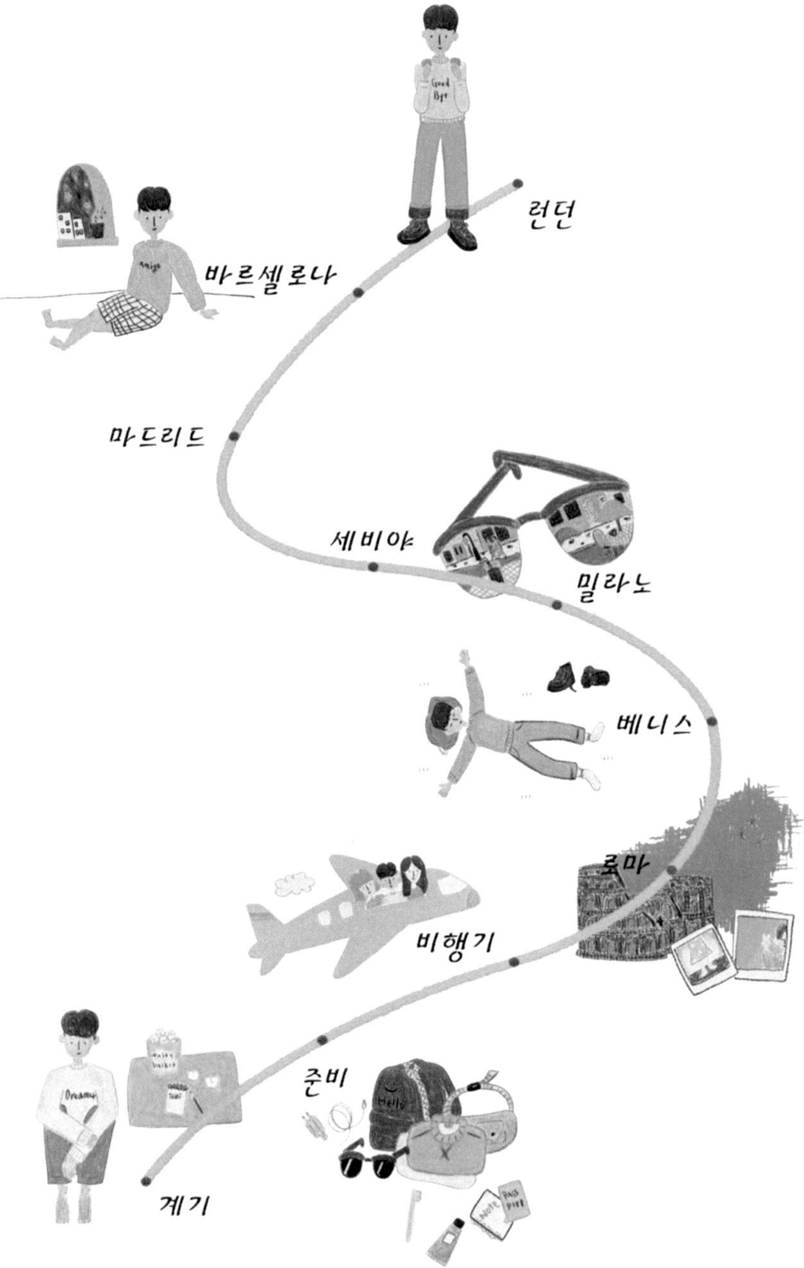
런던
바르셀로나
마드리드
세비야
밀라노
베니스
로마
비행기
준비
계기

첫 번째

돈을 착실하게 벌었다. 지금 나는 인생의 어떤 중요한 선택의 시기에 바른 결정을 하고자 조금 길게 여행을 다녀올까 한다. 비행기 표를 구매하기 직전까지 아주 많은 고민을 했다. 벌어 두었던 돈을 쓰기 아까웠다. 또 계속 돈을 벌어야 했기에 일을 잠시 그만두어야 하는 장기간의 여행은 정말이지 쉽지 않은 선택이었다. 내가 하는 일이 자영업이 아니라 그만두면 복직하기 힘든 직종의 일이었다면, 여행 가는 것을 다시 한번 생각해 봤을 것이다. 또, 며칠간 휴양을 즐기려 했다면 이런 고민을 하지 않고 가벼운 마음으로 즐기다 왔을 것이다. 그 순간에 여행은 귀찮음(다른 의미로 부지런함)의 문제일 가능성이 크니까. 하지만 이 여행은 휴식 이외의 다른 의미가 필요하다.

일이 힘들기는 무지 힘든데, 재미는 매우 없다. 반복되는 삶이 나를 괴롭힌다. 빚이 있는 현실도 한몫했다. 게다가 어머니는 몸도 마음도 아프다. 난 이 자리를 벗어날 수 있을까? 나는 평생 이렇게 살아야 하나? 이대로는 빚은커녕 지금 상황을 유지하기도 벅차다. 점점 현실은 나를 내 인생의 모든 긍정적인 요소로부터 분리시킨다. 극단적인 상황을 상상하는 것에 익숙해져 간다. 그래서 여행이 생각났을까? 모든 생각으로부터 벗어나 숨을 돌리고 싶다. 책임질 것 없는 세상에서 살고 싶다. 단 며칠만이라도, 여행을 다녀오는 건 어떨까?

어머니는 이런 내 심정을 아셨는지 여행 이야기를 꺼내기도 전에 눈치를 채셨다. 힘든 티를 내진 않았지만 나를 키워 오셨고 27년 사랑으로 보살펴 오신 인생의 보호자였던 어머니가 내 마음의 상태를 모를 리 없었다. 어렵게 꺼낸 여행 이야기에 흔쾌히 다녀오라고 하신다. 나는 여전히 어머니의 그늘 아래 안식을 취하는 어린아이다.

두 번째

몹시 어려운 결정이었던 만큼 비행기 표를 예매하기 직전까지 고민했다. 정말 이렇게 떠나도 되는 것일까? 또다시 답 없는 고민이 펼쳐지며 복잡해지고 있는 나에게, 정확한 상황을 모르는 현규는 언제 이런 기회가 생기겠냐며 옆에서 바람을 아주 잘 잡아 주었다. 그렇게 결국 비행기표를 예매해 버렸다!

비행기 표를 예매하고 나니 막연했던 계획은 현실이 됐다. 결정이 쉽지 않았던 것과 다르게 여행의 장소를 정하기는 쉬웠다. 욕구가 분명하니까. 사실 작가는 경험이 재산이고 여행은 큰 도움이 될 것이기에 여행을 시작하는 것만으로 반은 채워진 셈이다. 시작이 반이라는 말이 정말 맞는 경우다. 두 번째는 축구다. 작가도 장르에 따라 참 다른 직업이 된다. 나는 에세이나 소설을 쓰고 싶기도 하지만, 어떤 전문 분야의 평론도 쓰고 싶다. 그런 의미에서 축구도 고려하고 있다. 축구에 관한 글 말이다. 그만큼 축구는 (하는 것도, 보는 것도) 나에게 아주 소중하고 재밌는 취미다. 그 축구의 성지가 유럽이니, 유럽으로 여행지를 정하는 것에 별다른 이견이 없었다.

처음으로 혼자 가는 긴 시간의 여행이다. 이런 준비는 처음이다. 숙소부터 나라간, 도시간 교통수단, 여행지에 대한 정보, 짐, 나라별 특징과 주의사항 등 머리가 너무 복잡하다. 예매를 해 놓지 않고 계획을 짰더라면 유럽 여행 따위 열두 번도 더 걷어 찼을 만큼. 원래 계획하는 것을 좋아한다. 그러나 이번 여행에서 어느 정도까지 계획을 세워야 하는지에 대한 문제는 아주 근본적인 것이었다. 일정이 나를 구속하느냐 자유롭게 하느냐의 문제니 말이다. 유럽까지 가서 여러 의미에서 좌절하며 멍해진 나를 보고싶진 않았다.

내가 보고 싶은 축구 경기(선수)가 열리는 도시를 위주로 동선을 짰다. 축구는 1주일에 한 번, 많게는 두 번 정도 한다. 3주간의 여행 기간 중 최소 세 번은 볼 수 있다는 이야기다. 이탈리아(로마 - 베니스 - 밀라노) - 스페인(세비야 - 마드리드 - 바르셀로나) - 영국(런던). 지도를 펼쳐 놓고 본다면 효율이 아주 떨어지는 동선이지만, 어떻게 하겠는가? 축구 경기 중 가장 큰 리그가 그들 나라에서 열리는데! 그렇다고 관광지를 아주 배제한 것은 아니다. 유명한 몇몇 관광지는 정말로 보고 싶은 곳도 있었고, 특히 산사람인 나는 바다를 좋아한다. 잔잔한 바다를 보며 있는 대로 허세를 부리면서 작가가 될 것이라 다짐도 하고, 여유로운 마음을 가지고 깊고 진지한 생각도 하고도 싶었다. 그래서 로마에 있을 동안 아름다운 해안 도시가 있는 남부에 다녀올 생각이다. 세계에서 가장 아름다운 수상 도시 베니스도 빼먹을 수 없다. 스페인은 해가 긴 나라다. 여름이 길다는 의미이기도 한데, 8월 말에 여행을 떠나지만 스페인은 아직 여름이란 이야기다. 멋진 해변에서 수영도 하고 싶었다. 이 정도만 고려해도 목적에 잘 들어맞는 계획이 될 것 같았다. 나머진 그때그때 상황을 보고 자유롭게 정하면 되지 않을까? 여행의 목적만 잘 기억한다면 계획을 미리 세우지 않아도 의미 없이 보내는 시간을 줄일 수 있을 것이다.

세 번째

숙소는 한인 민박으로 결정했다. 여행을 온 다른 외국인과 이야기도 하고, 외국에 있음을 절감하고 싶다면 호스텔로 가면 된다. 그러나 비교적 청결하고, 아침이 한식으로 나오는 한인 민박이 나에겐 더 나은 선택이었다. 청결은 나에게 아주 중요한 요소다. 몸과 마음이 깨끗해야 사람이 여유로워진다. 그렇다고 호텔에 머물기엔 비용이 만만치 않았다. 조언을 듣자니 호텔이나 한인 민박이나 시설은 비슷하다고 하더라. 게다가 서양 음식을 계속 먹다 보면 한국 음식이 그리워진다는데 한인 민박의 한식 아침이 심심찮은 위로가 될 것 같았다. 유럽까지 가서 한국인을 만나고 한식을 먹어야 하나 싶은 마음도 있지만, 잘 때만이라도 한국어를 사용할 수 있다는 것은 그다지 나쁘지 않은 선택이지 않을까? 들어보니 한식이 그리워져서 라면과 고추장도 챙겨간다는데….

유럽으로 가는 비행기는 직항으로 예매했다. 다른 나라를 경유하는 저가 항공도 고려했으나 귀찮을 것 같았다. 국제선은 처음이라 경유하는 과정에 대한 두려움도 있다. 도시 간의 이동은 현지에서 그날그날 운행하는 버스와 기차를 이용하려 한다. 들어보니 유럽에서 도시 간 이동하는 교통수단은 미리 예매하지 않으면 가격이 많이 올라간다더라. 버스표는 조금 일찍 가면 당일에 끊어도 가격에 차이가 심하지 않은 반면, 기차는 가격 차이가 상당하다고 한다. 기차의 좌석 배정이 예매 사이트에 올라오면 높은 등급의 좌석부터 낮은 등급까지 여러 부류로 나누어 예매를 진행하는데, 일찍 예매하지 않으면 낮은 등급의 좌석이 매진돼 버린다. 당연히 높은 등급의 좌석이 비싸다. 기차마다 다르지만 적어도 한 달 전부터 배차가 올라온다. 미리미리 하지 않으면 의도치 않게 높은 등급의 좌석에 앉게 된다. 특정 도시들을 오가는 유레일 같은 정기권이나 가격이 저렴한 야간 기차도 있었지만 인접 국가를 경유하는 동선이 아닌 내게는 그다지 매력적인 선택지가 아니었다. 도시 간의 이동은 버스나 기차를 이용하고, 나라 간의 이동은 저가 항공을 이용하기로 했다. 비행기는 미리 예매해 두었다. 비행기를 예매할 땐 항상 수화물이 걸림돌이더라. 허세라면 허세일 수도 있지만 나는 자유로움을 만끽하기 위해 배낭 하나, 크로스백 하나를 메고 떠나려는 계획이다. 덕분에 수화물이 줄어 교통비가 조금 줄었다. 이상과 낭만을 따른 나머지 배낭여행 자체에 너무 집착하는 것 같기도 하지만, 겪어보지 않은 불편함은 그다지 두렵지 않았다. 옷은 허름한 긴소매 티 두 개, 청바지, 면바지, 잠옷, 속옷 몇 개, 양말 몇 켤레, 스마트폰, 충전기, 지갑, 칫솔, 화장품, 선글라스 정도. 챙기고 나니 너무 조촐하다. 옷은 입다가 버릴 수 있는 것들로 챙겼다. 가서 부족하면 사서 입을 생각이다. 속옷과 양말은 빨아 입을 것이고, 수건은 민박에서 제공해 주더라. 세면도구들도 다 구비돼 있어서 칫솔과 폼클렌징 정도만 챙겨갔다. 챙기고 나니 공간이 많이 남았다. 그래서 신발을 하나 더 가방에 넣었다. 가방이 부풀어 조금 볼품없긴 한데, 그게 또 매력이니까. 부피에 비해 그다지 무겁지 않다. 물론 캐리어처럼 끌고 다니면 편했겠지만 수화물을 찾으러 공항에서 대기하는 시간도 줄 것이고, 기차를 이용할 때 짐이 내 눈앞에 있으니 분실 우려도 적지 않을까? 그럼에도 조그만 캐리어를 들고 가는 것도 좋겠다 싶은 마음은, 기념품이나 사고 싶은 물건들이 있을 때 공간이 없을 것 같기 때문이다. 그건 그때 가서 보고 필요하면 캐리어를 사자. 수화물 비용이 느는 것을 고려해야 하니 충동구매도 줄어들겠지.

해외에서 쓸 스마트폰의 유심도 구매했다. 유심은 집에서 택배로 받아도 되고, 공항에서 찾아도 된다. 용량은 넉넉하게 30GB로 했는데 들어보니 10GB도 다 쓰지 못하고 돌아온다더라. 넉넉하게 카톡도 하고 영상통화도 하고 싶었다. 부족한 것보다는 넉넉한 것이 좋다. 가격도 많이 차이 안 난다. 스마트폰도 하나 더, 총 두 개 챙겼다. 스마트폰을 잃어버리는 상상을 했는데, 정말 끔찍하다. 모든 일정과 계획, 예매해둔 숙소, 교통에 관한 정보가 스마트폰에 다 들어있기 때문이다. 그래서 두 대를 챙겼고, 두 대 모두에 일정과 교통, 숙소, 예매 정보를 저장을 해 두었다. 하나는 한국 유심을 넣고 전원을 끈 뒤 가방에 보관해 두었고, 다른 하나에 외국에서 쓸 외국 유심을 넣고 현지에서 사용할 것이다. 그래도 불안해서 종이로 된 각종 예약 내역과 정보들도 출력했다.

이 정도면 되지 않을까? 최대한 간단하게 하자고 생각하고 준비했는데도 할 것이 아주 많다. 스트레스를 많이 받았다. 물론 들뜬 마음으로 준비 자체가 즐겁기도 했지만, 귀찮은 것은 귀찮은 것이다. 이렇게 힘든 준비를 끝내고 나니 스스로가 대견해졌다. 자신감도 솟는다. 이젠 정말로 홀가분한 마음으로 떠나기만 하면 된다!

비행기

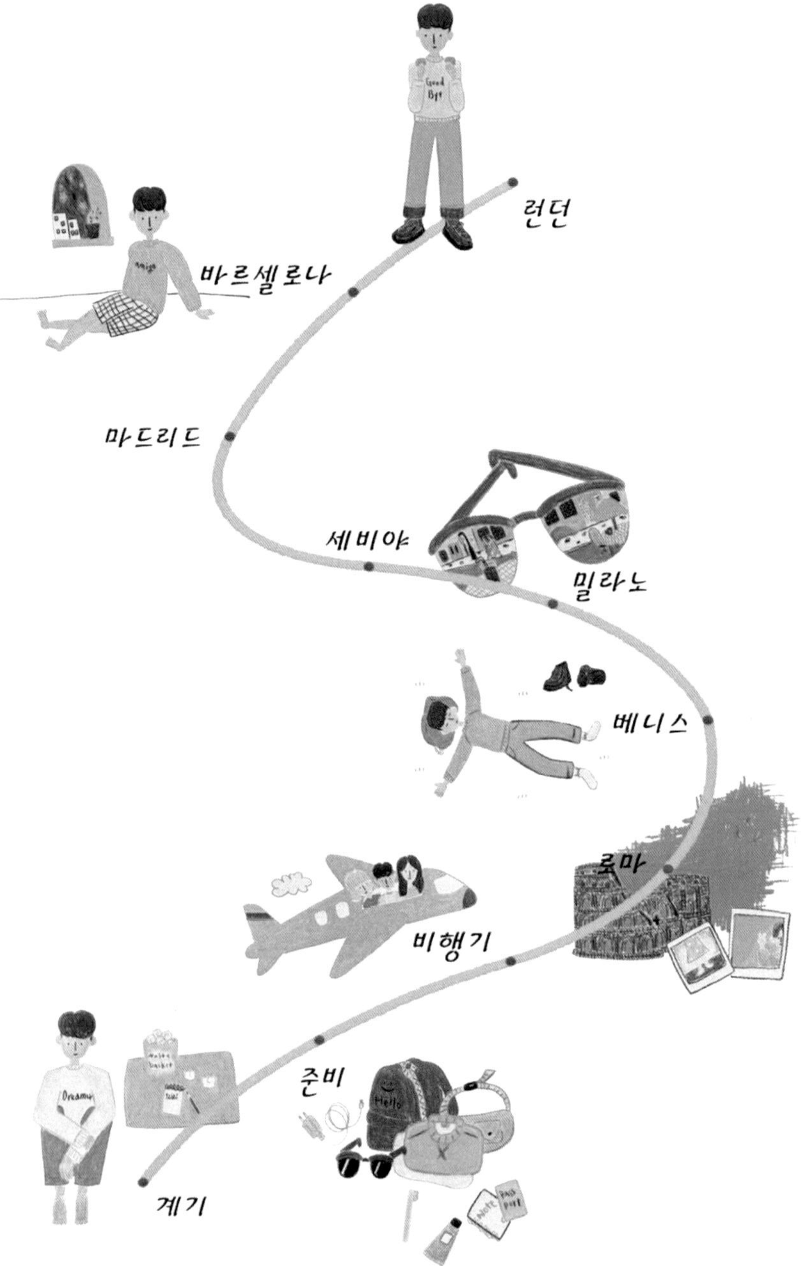
런던
바르셀로나
마드리드
세비야
밀라노
베니스
로마
비행기
준비
계기

첫 번째

인천발 비행기다. 하루 전에 미리 서울에 올라와 친구집에서 잤다. 같이 놀다가 세훈이 집에서 병돈이랑 셋이서 자고(사실 들뜬 마음에 밤새 수다를 떨어 한숨도 못 잤다) 3시간 전에 공항에 도착했다. 공항까지 동행할 것을 강력하게 요구했으나, 나의 출발과 그들의 수면은 거의 동시였다. 해외여행 경험은 두 번 있다. 고등학생 때 중국에 갔었고, 1년 전에 일본을 갔다 왔다. 교회에서 가는 단기 선교였다. 누군가 건네주는 표를 받아 천천히 앞사람을 따라 비행기에 올랐을 뿐, 비행기를 타기까지 어떤 행동도 스스로 했던 기억이 없다. 따라서 해외로 나간 적은 있지만 정말 모든 것이 처음이다.

감사하게도 세상엔 참 많은 사람들이 여행을 간다. 그들이 남긴 흔적이 인터넷에 홍수처럼 쏟아져 나오기 때문에 처음이지만 처음이 아닌 척 시도는 해 볼 수 있다. 무인 발권 기계로 가서 예약해둔 티켓을 수령했다. 기계가 여권을 인식해 자동으로 티켓이 발부됐다. 아마 좌석을 선택할 수 있었을 텐데, 서툴렀던 나는 뒷사람이 기다린다는 압박과 처음인 것을 들키기 싫은 허세에 경황없이 발권했다. 발권을 하고 나서 신청해 두었던 외국 유심을 공항에서 찾았다. 유심을 건네준 분이 유심을 주면서 사용법을 숙지했느냐 물어봤다. 얼떨결에 그렇다고 대답해 버렸고 그분은 미소와 함께 내 시야에서 사라졌다. 세상에, 나의 허세는 정말 어디까지일까? 이렇게 어깨에 힘을 주고 여행하다간 분명 길을 잃어 불법체류자가 될 것이다. 생각보다 출국 수속은 금방 끝났다. 30분 걸렸을까? 2시간보다 조금 더 시간이 남았다. 꺼내 두기 쉬운 곳에 넣어 둔 수첩과 볼펜을 꺼내 첫 일기를 끄적인다. 아직 한국이지만 여행은 이미 비행기 표를 예매했던 그 순간부터 시작된 것이니! 지난날, 준비하며 생각한 일, 했던 행동들을 짚어보며 과정과 감정을 하얀 바탕의 선 없는 종이 위에 나열한다.

생각보다 시간은 빨리 지나갔다. 나의 여행을 아는 사람들로부터 여기저기 안부전화가 왔다. 내가 걸기도 했다. 여기저기 공항 구경도 했다. 커피도 한잔 마시고, 면세점도 둘러봤다. 생각보다 면세점은 볼거리가 없었다. 미러리스 같은 조그마한 사진기를 하나 살까 했지만 스마트폰으로 만족하기로 했다. 수첩과 볼펜을 고를 때 했던 고민과 기대의 반만큼만 사진에 신경을 썼더라면 사진기를 하나 샀을 텐데. 결국 아무것도 사지 않았다.

시간이 됐다. 떨리는 마음으로 비행기에 탑승했다. 외국인이 많지 않을까? 내 옆에 앉을 사람은 어떤 사람일까? 승무원은 한국인일까? 소소한 기대들과 궁금증을 가지고 천천히 자리를 찾아갔다. 생각과는 다르게 승무원을 포함한 대부분의 사람은 한국인이었다. 비행기는 3인석 자리가 각각 좌우에 있고 가운데로 4인석인 좌석이 있어 한 줄에 10명이 앉았다. 내 자리는 왼쪽 3인석의 가운데 자리다. 아직 양옆 사람이 도착하지 않았다. 가방에서 칫솔과 스마트폰, 지갑 등을 꺼내 따로 가져온 크로스백에 넣고, 가방은 짐칸에 올려놓았다. 주섬주섬 쭈뼛쭈뼛 무엇 때문에 다들 그렇게 분주한지, 나만 할 일이 없는 것 같다. 앉자마자 한 젊은 여성분이 내 자리 근처로 왔다. 나에게 불쾌하다는 듯한 시선을 한번 주고는 내가 일어서길 기다렸다. 창가 쪽 자리인 사람인 듯했다. 복도 쪽으로 잠시 일어나 자리를 비켜줬다. 안쪽으로 여성분이 들어갔다. 다시 앉자마자 다른 젊은 여성분이 역시나 나를 불쾌하다는 듯한 시선으로 보더니 복도 쪽 좌석에 앉았다. 나는 상상하고 기대하기를, 옆 사람과 이런저런 이야기도 하면서 지루한 장시간의 비행을 즐겁게 보내고 싶었다. 그런데 나에게 보내는 그들의 첫 시선은 나의 모든 기대와 희망을 앗아갔다. 게다가 어찌 그리 바쁘게 움직이는지, 장시간 비행을 하기 전 해야 할 열여섯 가지 행동이란 책을 읽고 왔거나 비행기가 대중교통만큼 아주 친숙한 사람임이 틀림없어 보인다.

모든 것이 처음인 나는 어설프게 따라 했다. 비닐에서 담요를 꺼내고 이어폰을 선반에 올려 두고 신발을 벗어 가지런히 두고 제공된 슬리퍼로 갈아 신었다. 원래 나도 그런 종류의 비행 준비를 할 것이었다는 표정으로 능청을 떨었지만, 한 박자 느린 행동은 어쩔 수 없다. 메모장과 볼펜을 꺼내 놓는 일도 잊지 않았다. 그 모든 일들이 2분 정도면 충분했지만 그들은 할 일이 아직 많이 남았는지 부산하기 그지없었다. 이미 머릿속에서 대화를 하는 화기애애한 장면은 사라진 지 오래다. 할 일이 없는 나는… 잤다. 비행기가 이륙하고 기체의 떨림이 주는 긴장감이 사라지자마자 잤다. 세훈이 집에서 한숨도 자지 못하고 나선 것이 이렇게 큰 위로가 될 줄이야.

한 30분 지났을까, (옆 사람이 아닌) 승무원이 나를 깨웠다. 기내식을 먹을 시간이었다. 이런 가시방석에서 식사를 해야 하다니. 이런 분위기에 익숙해져야 할 필요가 있어 보였다. 아시아나는 쌈밥이 맛있다고 배웠다. 하지만 양옆에 앉은 비행의 고수들은 각각 다른 메뉴를 주문했다. 혼란스러웠지만 고민하지 않은 척(그러기엔 이미 5초 정도 시간이 흘러버렸다) 쌈밥을 선택했다. 기다리는 동안 좌석 앞 수납공간에 있는 비행 가이드북을 봤다. 좌석마다 앞 좌석 전면에 부착된 스크린으로 영화, 예능, 드라마 등 여러 가지 미디어를 볼 수 있었다. 리모컨 조종법이 있었으나 처음이었던 나는 결국 기내식이 나올 때까지 조작법을 터득하지 못했다(내가 잘못한 것이 아니라 기계에 이상이 있음이 분명하다). 처음 보는 기내식이다. 조금 기다렸다가 옆을 힐끔힐끔 보며 따라 했다. 이미 능숙한 척은 물 건너갔다. 이런 분위기에서 밥을 먹으면 입으로 먹는지 코로 먹는지 분간하지 못하고 분명 체하고 말 것이다. 식은땀을 흘리며 열심히 쌈을 싸는데, 가뭄의 단비와 같은 목소리가 창가 쪽 여성으로부터 흘러나왔다.

두 번째

“여행 가시나 봐요?”

천사의 목소리가 있다면 그것이리라.

입을 반쯤 벌리고 세 시간 같은 삼 초를 넋 놓다가 그분의 눈을 응시(어쩌면 나를 구원해준 신에게 보내는 듯한 간절한 눈빛과 같은)하고 그렇다고 말했다. 일순간 집 밖을 나서면서부터 가진 모든 긴장감이 풀리는 듯했다. 그렇게 시작된 대화. 자신감을 얻은 나는 반대쪽 분에게도 과감하게 인사를 건넸다. “여행 가세요?” 그렇게 힘들었던 정적의 시간을 깨고 셋의 대화가 시작됐다.

알게 된 사실은, 먼저 와서 앉아있던 나를 보고 곱지 않은 시선을 보낸 것엔 이유가 있었다. 그들은 마지막까지 기다리다가 각각 가운데 자리가 비어 있는 창가 쪽과 복도 쪽 좌석을 선택했는데, 좌석에 와 보니 내가 앉아있었던 것이다. 불쾌한 시선으로 쳐다본 것이 아니라(진짜 살벌했다) 실망감이 살짝 묻어났던 정도였는데, 긴장한 나에겐 그 시선이 그렇게 필터링이 됐었나 보다. 우리는 신기하게도 91년생 동갑내기다. 창가 쪽에 앉은 은수는 직장인인데 휴가를 써서 여행을 가는 것이었고, 오른쪽에 앉은 연주는 유학생인데 곧 개강을 해서 학교에 가는 길이었다. 우리는 시간 가는 줄 모르고 수다를 떨었다. 화장실을 가거나 양치를 할 땐 다 같이 일어나 이동했다. 공항에서 수령한 유심을 바꿔 끼려고 하다가 유심이 스마트폰에 잘못 걸려버려서 셋이서 같이 빼낸다고 고생하기도 했다. 도착하기 전 한두 시간 정도 잔 것 말고는 대화와 영화 한 편으로 긴 시간을 지루하지 않게 보냈다. 내가 바로 상상하던 비행기에서의 시간들이 정말로 생각처럼 벌어진 것이다. 그렇게 우린 로마에 도착하면 콜로세움 야경을 함께 보러 가자는 야심 찬 계획을 세웠다.

로마

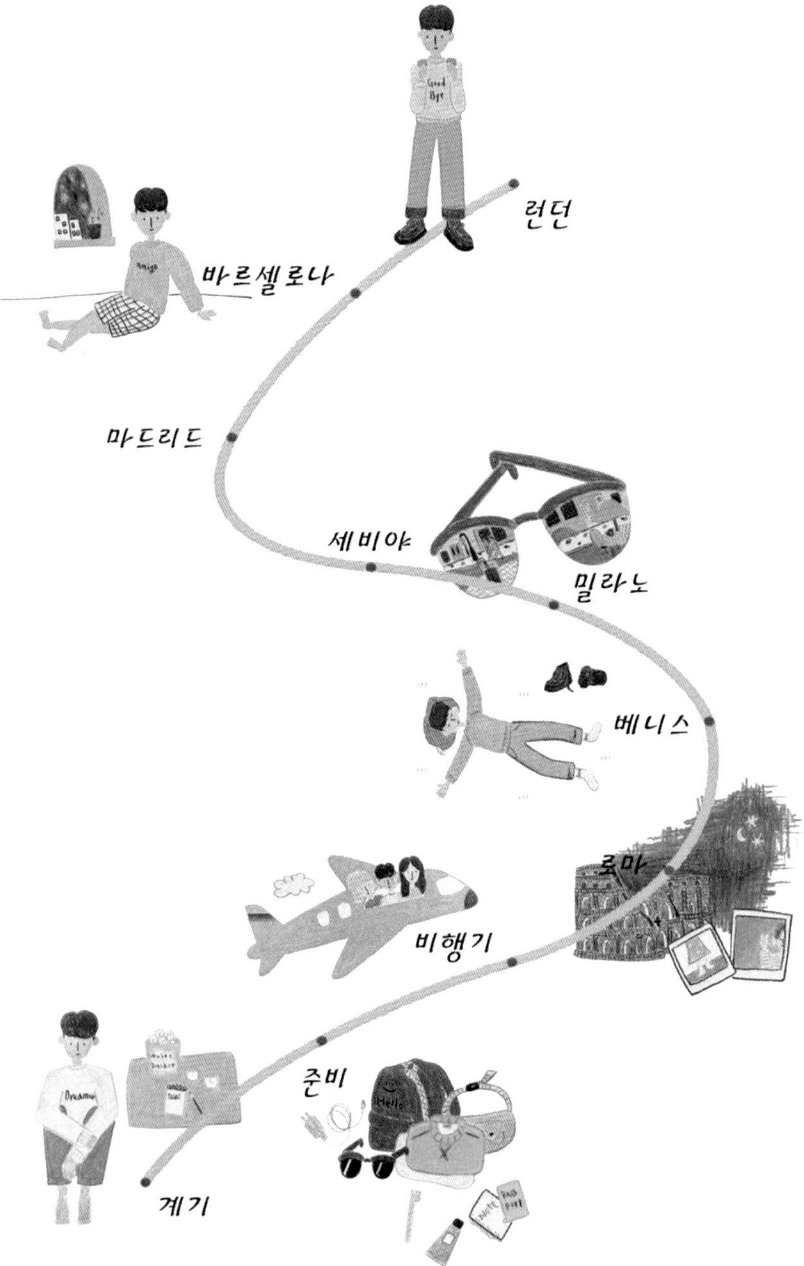
런던
바르셀로나
마드리드
세비야
밀라노
베니스
로마
비행기
준비
계기

첫 번째

로마 FCO 공항에 도착. 떨리는 마음으로 입국 심사대 앞으로 갔다. 걱정했던 것처럼(지금 유럽 전역엔 테러가 빈번하게 일어나고 있다) 까다롭지 않았다. 여행이 목적이라고 하니 별 무리 없이(농담 한두 마디 주고받고) 통과시켜 주더라. 유학생인 연주와 이탈리아가 처음이 아닌 은수는 능숙하다. 다른 말로 아주 든든하다. 그녀들의 엄청난 리더십과 경험 덕에 공항에서 숙소까지 아주 편안하게 이동했다. 테르미니역에서 약속한 시간에 만나기로 하고 우리는 각자의 숙소, 기숙사로 갔다. 그런데… 스마트폰의 GPS가 작동하지 않았다. 내 위치가 1분에 수십 번은 바뀌었다. 언제부터 고장 나 있었는지는 모르겠다. 대충 역의 모양과 근처 상가를 기준으로 내 위치를 짐작해 지도만 보고 숙소를 찾아가 보려는데, 누군가 나를 길치라 놀렸던 기억이 났다. 내 생각에 길치의 문제는 방향 감각이 아니다. 모르면 도움을 받거나 건물의 위치와 구조를 근거로 생각을 해야 하는데, 무슨 자신감이 그렇게 쏟아져 나오는지, 일단 움직이고 본다. 나도 다르지 않았다. 그렇게 역 주변을 몇 바퀴 돈 뒤 결국 택시를 탔다. 택시기사는 코앞이었던 숙소를 두고 주변을 반복해서 돌다가 내려주더니 터무니없는 요금을 요구했다. 그러나 숙소를 찾아 이동하는 도중에 도착한 것 같다고, 여기인 것 같다고 말하지 못했다. 그렇게 숙소를 찾아 몇 바퀴를 돌다가 선택한 것이 택시이기에. '그래, 돈은 좀 많이 받고 돌아오긴 했어도 민박 앞에 나를 내려주겠지.'라는 믿음이 있

로마에서 마주한 첫 골목

었다. 그러나 아무리 봐도 민박이라고 짐작할 만한 곳과는 다소 거리가 있는 곳에 내려주었다. 마음이 바빠, 잔돈까지 팁으로 줘버리고 얼른 숙소를 찾아 나섰다. 분명 여기가 맞는데… 그러나 어떻게 들어가야 하는지 몰라 한참을 문 앞에서 서성였다. 역 근처라서 그런지 부랑자들도 많다. 그들은 여행객이 익숙하다는 눈빛으로 나를 응시했고, 그 시선은 나를 움츠러들게 하기에 적당했다. 식은땀은 흘러 땀범벅이 됐고, 약속 시간이 가까워 왔다. 초심자의 행운이라는 게 있다던데, 내 운은 딱 비행기까지였던 것일까?

찾았다. 아무리 길치라지만 이 건물이 틀림없어 보인다. 건물 대문 앞에 층마다 초인종을 누를 수 있는 버튼이 있고, 버튼 옆에 집주인의 이름이 있다. 한참을 고민했는데, 진짜 딱 한 번만 초인종 옆에 있는 글씨를 읽어 볼 시도를 했다면 이미 일행을 만나 콜로세움으로 가고 있었겠다. 이탈리아어라 읽을 시도조차 하지 않았다. 그러나 버젓이 한인 민박은 한글로 민박의 이름을 표기하고 있었다. 이 바보 같은 놈! 자책을 하면서도 부랑자들의 눈빛과 더위 속에 스스로를 끊임없이 의심하며 견딘 나를 나무랄 수 없다.

끝까지 숙소는 나를 괴롭힌다. 버튼을 눌렀지만 응답이 없다. 덕분에 다른 건물인가 싶어 근처 건물의 초인종(옆 이름)을 다 보고 다녔다. 단지 주인의 부재였다는 것만 알았더라면… 그렇게 30분 정도를 더 헤매다가 드디어 숙소에 입성! 눈물이 날 것 같았다. 이 한 시간이 유럽에 있을 21일 중 가장 최악의 한 시간이길, 더 이상 스스로를 초라하게 느낄 일이 없기를 간절히 기도한다. 액땜했다고 생각하자. 약속한 시간이 이미 지나버려서 주인에게 나의 고생을 설명하며 서운한 감정을 내비칠 겨를이 없었다. 땀도 많이 흘려서 얼른 씻고 싶었다. 빨리 씻고 역으로 가야 했다. 은수에게 내가 한 고생을 부끄러워 알릴 수 없었다. 계속 거짓 변명을 만들어가며 약속 시간을 늦췄다. 또 길을 잃을 까 봐 끊임없이 길을 머릿속에 담으면서 역으로 가는데, 젠장. 정말이지 숙소에서 역까지 5분도 안 걸리다니….

은수와 테르미니역에서 만났다. 연주는 학교 기숙사 사감의 철저한 관리와 사명 의식, 직업정신 덕분에 통금 시간에 걸려 나가질 못한다더라. 아쉬운 작별을 하고 은수와 콜로세움 야경을 보러 갔다. 유럽 여행의 첫걸음은 이탈리아 로마의 콜로세움! 로마에 도착하는 시간이 저녁이라서 어디든 걸으며 야경을 보면 좋겠다고 생각했었다. 콜로세움까지는 걸어서 15분 정도밖에 걸리지 않기 때문에 이런 저런 이야기도 하고, 유럽풍의 건물들을 구경하기도 하며 천천히 걸어(가고 싶었지만 은수의 걸음은 상상초월)갔다. 가는 길에 젤라토도 사 먹었다. 다른 첨가물의 맛보다, 주재료 본래의 맛이 강한 아이스크림이었다. 손에 질질 흘려가면서 먹어도 그저 재미있고 맛있다.

이탈리아 밤거리는 아주 활기찼다. 평소 보던 것과 다른 건물의 모양도 아주 아름답고 신기하다. 식당은 야외에 테이블이 많은데, 야외에서 와인을 음미하는 그들의 모습이 너무 자유로워 보였다. 거리마다 연신 (촌놈 서울 구경하듯) 감탄하며 콜로세움에 도착! 위아래로 쏘는 조명에 비쳐진 콜로세움은 웅장하기 그지없었고, 내가 알지 못하는 어떤 깊은 역사가 느껴졌다. 머릿속에서는 콜로세움 안에 전차 경주가 벌어지고 있는 듯한 소리가 BGM처럼 흘러나왔다. 황홀해하고 있는 나에게 사진을 부탁하는 은수. BGM은 순식간에 이명으로 바뀌었다. 순간 뇌가 정지한 듯하다. 난 사진을 정말 못 찍는다. 흔히들 말하는 '똥손'이다. 식은땀이, 숙소를 찾지 못해 당황하며 흘렸던 만큼의 딱 반만큼 흘러내린다. 당장 찍어줘야 할 은수의 사진을 포함해, 앞으로 혼자 다니며 이 사람 저 사람 사진을 부탁하기도 하고, 또 찍어 주기도 할 텐데… 어째서 여행은 고뇌로 가득 찬 위기와 좌절의 연속인 것인가! 착한 은수는 진실이든 거짓이든 정말 괜찮다며 사진에 만족한다는 말을 했다. 평생 사진에 큰 관심을 두지 않고 살아왔다. 게다가 난 유럽에서도 그다지 사진에 관심이 없었고, 따라서 사진기라고는 스마트폰이 다였다. 그러나 이 순간 나의 관심사는 오직 사진밖에 없었다.

(여전히 숙제로 남아있는) 위기가 있었지만 이래저래 구경을 잘 마치고 은수를 숙소까지 바래다주었다. 돌아오는 길. 길을 기억한다고 무슨 이야기를 했는지도 모르겠다. 다행히 무사히 민박으로 돌아왔다. 아까 민박에 도착했을 때 호스트 아저씨도 내가 바빠 보였는지 민박에 대한 설명을 거의 해 주지 않았다. (기다리고 있었는지는 모르겠지만)

콜로세움 야경

그래서인지 호스트 아저씨는 내가 돌아오니 더 자세하게 설명을 해줬다. 설명하기를, 이 주변의 웬만한 호텔보다 좋은 시설을 갖추었다고 했다. 약속 시간에 늦을 것 같아 허겁지겁 준비하느라 아무것도 눈에 들어오지 않았었는데 다시 돌아와서 숙소를 살펴보니 썩 괜찮다. 다만 나는 지금 자는 것 이외에는 아무것도 관심이 없었다. 충분히 힘든 하루였고, 여름 한 철 흘릴 땀을 방금 다 흘렸다. 피곤함에 절어 넓은 바티칸을 돌아다니고 싶지는 않다. 숙소 사람들과는 다음날 충분히 담소를 나누기로 하자. 다행히 시차 적응은 없다. 비행기에서 잠을 그다지 많이 자지 않았고, 충분히 피곤한 하루였기에. 푹 자자.

두 번째

두 번째 날, 첫 일정은 바티칸 투어다. 자유여행이지만 가이드가 필요하다고 느낀 관광지가 몇 있다. 바티칸도 그중 하나다. 개인으로 가면 예매하는 것도, 입장하는 것도 단체로 갈 때보다 시간이 오래 걸린다. 투어를 신청하면 가이드가 미리 단체 입장권을 예매하기 때문에 대기 시간이 많이 줄어들지만, 개인으로 가면 아주 긴 줄을 기다렸다가 오랜 시간이 흐른 뒤 들어가야 한다. 게다가 바티칸에는 예술작품이 많다고 들었는데, 예술은 관심이 가지만 도무지 내가 알지 못하는 분야다. 그렇다고 그냥 작품을 보고 '오, 잘 만들었네.', '잘 그렸네.' 하기엔 작품들의 작품성과 작가들의 명성이 상당하다. 그래서 투어를 신청했다. 다만 소소한 문제가 있는데 오전 7시까지 도착해야 한다는 점. 불안한 마음으로 잠들었는데, 다행히 늦지 않게 일어났다. 현지 시간으로 오후 열한 시쯤 잠들어서 다음날 오전 다섯 시에 깼다. 평소에 그다지 잠을 오래 자는 편이 아니지만, 피곤함에 절어 침대에 눕는 순간 온몸의 긴장이 풀려 1초 만에 잠든 것치고는 잘 일어난 편이다. 심지어 5시에 알람을 맞춰 놨는데 4시 59분에 눈이 떠져서 룸메이트들에게 내 알람의 멜로디를 들려주어야 하는 부담스러운 상황은 일어나지 않았다.

아침은 김치찌개와 김치, 불고기가 나왔다. 뷔페식으로 돼 있어서 맘대로 먹을 수 있다. 그것보다 유럽에서 첫 끼니가 한식이라니… 게다가 함께 먹는 사람들도 다 한국 사람들이다. 다들 이렇게 이른 아침부터 일정이 있는 건지 이미 외출 준비를 마치고 온 사람도 있다. 식사하면서 인사도 하고 이야기도 나누면 좋았겠지만 빨리 준비를 해야 해서 허겁지겁 먹고 나왔다. 투어는 종일 투어와 반일 투어가 있는데, 오후에는 개인적으로 시간을 보내고 싶어서 반일 투어를 신청했었다. 테르미니역에서 5분 정도 걸어가면 성당 앞에 레푸블리카(Piazza della Repubblica)라는 광장이 있다. 그곳이 집결지다. 전날 고생한 기억 때문일까? 거리를 헤매는 시간까지 계산해서 일찍 일어났는데 무사히 잘 도착해서 시간이 남았다. 나는 나를 정말로 신뢰하지 못하는지, 한 시간이나 일찍 도착해버렸다. 그래도 덕분에 공원 앞 커피집에서 모닝커피를 마시는 허세를 부릴 수 있었다.

One café please. 주문하는 방법이 한국과 달랐다. 줄을 서서 주문을 하고 계산한 뒤 영수증을 받으면 그 영수증을 커피 만드는 직원에게 준다. 그럼 영수증 일부를 찢어서 다시 준다. 커피를 만든 뒤 주인을 찾는데, 영수증으로 확인을 한다. 그리고 이탈리아는 자릿세라는 개념이 있다. 보통 커피를 사면 매장에서 마시고 가거나 테이크 아웃을 하는 두 가지 경우가 있는데, 이탈리아는 매장에서 마실 경우 별도의 자릿세를 더 내야 한다. 대부분 커피를 받으면 그 자리에서 홀짝 마신 뒤 떠난다. 그래서인지 커피는 그렇게 뜨겁지 않다. 따듯하다. 또 이탈리아에서는 차가운 커피를 찾기 힘들다. '아이스 카페'를 주문하면 뜨겁지 않은, 미지근한 커피가 나온다. 주문은 다행히 현지인이 내 앞에 있어서 그대로 따라 했다. 줄을 섰고 같은 메뉴를 주문했으며 바로 뒤에서 잔을 받았다. 그 외국인이 '아이스 카페'가 아니라 그냥 '카페'를 주문했더라면 완벽했을 뻔했다. 커피를 마시고 공원 주위를 조금 더 둘러보다 시간이 돼서 광장으로 갔다. 한국어로 된 가이드 업체의 깃발을 들고 있는 스태프가 보인다. 커피를 마시지 않고 기다렸다면 선발대로 갈 수 있었겠지만 덕분에 커피 주문하는 법도 배우고, 광장과 공원을 둘러보면서 아침 공기를 마시며 산책도 했다. 무엇보다 기다린 덕분에 좋은 동행을 구할 수 있었다.

바티칸 우체통

집결지에서 나처럼 혼자 기다리던 다른 사람이 보였다. 다가가 물어봤다. "혼자 오셨어요?" (유럽에서 한국인에게 "혼자 오셨어요?"라는 말은 혼자 여행 온 사람과 친해질 수 있는 치트키와 같은 인사다) 같이 투어 하면서 서로 사진도 찍어주고 소소한 대화도 하면 좋겠다 싶었다. 그분은 혼자 왔지만 여행하면서 만난 다른 일행이 올 것이라고 하시면서, 괜찮으시면 같이 다니자고 물어봐 주셨다. 우리가 세 명이 되는 과정을 지켜보시던 다른 한 분이 우리에게 같이 다녀도 되겠냐고 물어보셨다. 그렇게 든든한 일행이 생겼다.

바티칸은 이탈리아 안에 있는 하나의 자치국이다. 교황이 거주하는 나라라고 할까? 세계에서 가장 큰 성당인 성 베드로 성당도 있다. 무엇보다 유명한 미술작품들이 많았다. 입장권에 그려져 있는 라파엘로의 아테네 학당이라든지 미켈란젤로의 천지창조가 대표적이다. 천지창조는 천장에 그려져 있는데 그거 보다가 목이 빠질 뻔했다. 가이드분이 이런저런 설명을 잘 해 주셨다. 꼭 종교적인 이유가 아니더라도 이탈리아에 온다면 여행할 만한 가치가 있는 곳이다. 투어의 마지막 코스는 기념품을 사는 곳이었는데, 마침 수첩이 필요해서 수첩 하나를 샀다. 그리고 생각나는 사람들에게 엽서를 보냈다. 바티칸의 인장 모양과 같은 도장을 찍어서 보내는데, 바티칸 곳곳의 풍경이 엽서에 그려져 있다. 내가 찍어도 이것보다는 잘 찍겠다 싶은 촌스러운 그림들밖에 없었지만, 그래도 엽서를 보내는 것 자체에 의미가 있으니까. 받는 사람의 기분이야 어떻든 글 쓰는 것을 좋

성 베드로 성당 내부

아하는 나에겐 아주 재밌는 선물이었다.

바티칸은 아주 넓다. 가이드분이 꼭 필요한 곳만 선정해서 돌아다녔는데도 설명을 포함해 세네 시간 걸렸다. 가이드분의 역할이 끝나고, 더 관람을 할 사람은 천천히 둘러보다 나와도 된다고 하시면서 출구를 가르쳐 주셨다. 우리 일행은 서로의 눈치를 보다가 같은 마음이란 것을 알고는 미련없이 출구로 향했다. 우린 배가 고팠다. 출구에서 조금 떨어진 곳에 교황이 자주 간다는 올드 브리지(Old bridge)라는 젤라토 가게가 있다. 그곳에서 젤라토를 사 먹으며 점심 먹을 곳을 검색했다. 마지막에 승아의 일행 두 명이 점심 먹을 때 합류해서, 6명이 근처에 있는 피자집으로 들어갔다. 이탈리아에서 먹는 첫 피자! 괜히 와인도 한 잔씩 주문했다. 이런저런 대화를 하며 유쾌한 식사를 마치고 인사한 뒤 다른 일정이 있는 4명은 떠나고, 딱히 일정이 없던(투어 하기 전 내가 처음 인사를 건넨) 은정 누나와 로마 시내를 구경하기로 했다.

세 번째

로마의 관광지들은 걸어서 이동해도 충분히 다 볼 수 있다. 분수, 성당, 신전 등 유명한 건축물이 도심 근처에 모여 있다. 날도 좋고 바

엉덩이가 아팠던 분수대 벤치

람도 선선하니 걷기 좋은 날씨였다. 다만 내 스마트폰의 GPS가 고장났고, 내가 방향 감각이 둔했을 뿐이다. 다행히 은정 누나는 길을 아주 잘 찾았다. 내가 아주 여유롭게 거리의 풍경과 정서를 느끼며 걸었던 반면, 누나는 목적지에 가는 내내 스마트폰을 보고 걸었다. 길 찾는 것을 거들면, 괜히 방해만 될 것 같았다. 미안했지만 가자는 대로 가는 것 말고는 할 수 있는 일이 없었다. 혼자였다면 방향이 무슨 소용이겠는가. 구름 따라 사람 따라 걷다 보면 나오는 분위기와 거리를 느끼면 그만이다. 나에게 이번 여행은 그런 것이니까. 하지만 함께하는 사람이 있다. 그 사람이 나와의 동행을 위해 애쓰는 모습을 외면할 수 없었다. 길을 찾는 중간중간에 좋은 느낌의 장소, 광경들을 목격할 때면 잠시 멈추고 "여기 정말 좋다."라든지, "저 사람들 좀 봐."라든지, "하늘에 구름 모양이 참 특이하다." 따위의 말들을 하며 함께 거리를 즐기고자 노력했다. 그리고 나중에는 누나가 지친 기색이 보여서 쉬어 갈 겸 내 여행에 초대를 했다. 잠시 스마트폰을 넣어두고 가고 싶은 곳으로 걸었다. 처음엔 불안해하는 기색이었으나 이내 목적지 없이 걷는 걸음이 익숙한 것인지, 조금은 편안한 표정이다.

로마엔 볼거리들이 많았다. 걷다가 잠시 쉬기도 하고 서로 사진(누나가 찍어준 사진은 아주아주 만족스러웠으나, 내가 찍어준 사진이 맘에 드는지 차마 물어볼 수 없었다)을 찍어 주기도 했다. 처음엔 전혀 다른 곳에서 풍경과 사람, 하늘을 보고 (그곳에 있는 나의 모습에) 감탄하는 것이 여행의 큰 매력이었다. 하지만 유럽의 건물이나 분수대, 큰 성당을 보고 '여긴 환상적이야.'라고 생각할 수 있었던 마음의 울림도(한국에 동네마다 교회가 있는 것처럼 유럽엔 동네마다 성당이 있다), 일주일이 채 안 돼서 103동 아파트 베란다에서 102동 아파트를 보는 것과 같은 익숙함. 어쩌면 정말로 아무 감정도 느껴지지 않은 순간이 찾아오기 마련이다. 더 감탄할 만한 새로움이 없는데도 억지로 내가 유럽에 있다는 것을 상기시키며 '여긴 정말이지 너무 아름다워!'라고 마음을 속여 얻은 감탄은 쉽게 잊힐 것이다. 그럼에도 로마나 이후 다른 도시(심지어 비행기 안에서도)에서의 기억이 오랜 시간 선명하게 머릿속에 남아있고 또 그만큼 좋았던 것은 새로운 만남과 만남을 통한 대화가 있었기 때문이다.

은정 누나와 여러가지 고민을 듣고, 또 말했다. 가정, 연애, 직장 등. 유럽이라는 지역적 특성은, 아니 유럽이라는 생소한 장소가 주는 감정의 자유로움은 처음 만난 사람과 부담 없이 깊고 진지한 이야기들을 나눌 수 있게 하는 환각제와 같았다. 그리고 그 환각은 유럽 전역의 여행객들에게 퍼져 있는 전염병과 같은 것이 분명했다.

네 번째

유럽에서 3일 차. 투어를 신청한 것이 하나 더 있다. 이탈리아의 남부는 혼자 여행하기에 다소 부담스러운 지역이어서 이곳도 투어를 신청했다. 화산재에 묻힌 도시 폼페이와 해안 도시 포지타노부터 남쪽 해안선을 따라 배를 타는 코스다. 전날 민박 사람들과 야식을 먹고 퉁퉁 부은 얼굴로 새벽부터 집결지에 모여 출발을 기다렸다. 모든 만남이 신비하고 새롭고 좋을 것만 같던 유럽이지만 이번 투어에서 '절제도 필요하겠구나.' 느꼈다. 이날은 동현이라는 분이 먼저 나에게 동행을 제안했다. 동현 씨는 가이드보다 더 많은 말을 했다. 본인의 여행 경험을 참 잘 말해주었다. 부럽고 좋았겠다 싶은 부분도 있었으나 조금은 과해서 그의 지식과 경험을 들려주는 것이 피곤하기도 했다. 미안한 이야기지만 폼페이의 역사와 아름다웠던 해변의 풍경만 기억하고 싶은 여행이었다.

폼페이는 화산이 폭발해 묻힌 도시다. 그래서 그런지 바람이 불면 아직도 어디서 날라왔는지 모를 화산재가 불쾌함을 자아냈다. 폼페이 영화도 보고 왔지만, 불국사가 훨씬 웅장하고 멋있다고 생각한다(적어도 불국사에 화산재는 없으니). 하지만 폼페이와 다르게 이탈리아의 해변은 아주 만족스러웠다. 9월 초였지만 날씨는 여전히 여름이었다. 서늘한 바람을 맞으며 해변을 즐기는 사람들. 비치타월 하나와 레몬 맥주(포지타노는 레몬으로 유명한 도시인데, 레몬으로 온갖 상품을 만

언덕 아래서 바라본 포지타노

들어 팔고 있었다) 한 병을 사서 해변에 자리를 잡고 수평선에서부터 출렁이는 물결을 바라봤다. 정신을 차리고 보니 나도 파도와 함께 출렁이고 있더라. 여벌의 옷을 가져오지도 않았고, 해변가에 홀로 방치된 가방은 보호를 받지 못했다. 다만 바다에 뛰어들고 싶었다. 아, 취한 건 아니었다. 한바탕 수영을 하고 가방이 있던 자리로 돌아왔다. 자유에는 책임이 따른다고 했던가. 다행히 가방과 짐이 없어진 것은 아니다. 내가 져야 할 책임은 여벌의 옷도 없이 바닷물에 뛰어든 것. 다행히 뒤쪽에 거칠게 물줄기를 쏟아내는 샤워기가 있었다. 뻥 뚫려있는 야외에 덩그러니 설치된 샤워장은 타인의 시선으로부터 보호받지 못했다. 과감하게 바지를 벗어 팬티만 입은 채로 얼른 물에 씻어 염분을 짜냈고, 털털 털어서 다시 입었다. 내 앞에서 상체를 훤히 드러내고 물 샤워를 하는 젊은 여성분에 비해 나의 동작은 상당히 신속했다. 여유롭고 싶었지만, 몸이 바다를 자유롭게 누비던 것과는 달리 누구보다 빠르게 남들과는 다르게….

흐르는 물에 소금기를 씻어내고 쏟아지는 볕에 말려서 어느 정도 찝찝함과 불쾌함을 씻어낼 수 있었지만 어디까지나 임시방편일 뿐, 찝찝함은 남아있었다. 남부 투어는 1박도 있던데, 다음에 온다면 1박으로 조금 여유롭게 즐겨도 좋겠다고 생각했다. 수영도 여유롭게 하고 바다 위에 지는 석양도 볼 수 있을 테니.

작은 여객선을 타고 해안선을 따라 해변가를 달렸다. 시원한 바람

높은 성당에서 바라본 로마

은 염분을 다 씻어내지 못해 찝찝했던 기분을 어느 정도 희석시켜 주었다. 때마침 이어폰(가이드 투어를 하면 수신기를 준다. 수신기를 통해 이어폰으로 가이드의 설명을 들었다)에서 노래가 흘러나왔다. 가이드분의 선곡 센스가 아주 좋더라. 해안선을 따라 배를 타고 몇 개의 해안 도시를 지났다. 바람이 스치고 간 자리는 상쾌했고 고개를 돌리면 보이는 섬과 반대편의 수평선이 멋들어지게 자리 잡고 있었다. 절벽에 계단처럼 자리 잡은 도시가 꽤 그럴싸했다. 멋진 항해를 끝내고 도착한 식당. 상쾌한 항해와는 다르게 조금 어색한 대화와 불편함이 가득한 식사였다. 피자를 입으로 먹었는지 코로 먹었는지… 맛은 있었던 것 같다. 돌아오는 버스에서는 아주 푹 잤다. 해변에서 수영도 하고 폼페이에서 등산도 했으니 피곤할 만했다. 동현 씨가 로마에 도착하면 다 같이 가볍게 식사라도 하자고 했지만 우리들은 (버스 안에서 졸다가 꾼 꿈이라 생각했는지) 피곤함에 절어 버스에서 내리자마자 작별 인사도 없이 각자의 숙소로 좀비처럼 걸어갔다.

다섯 번째

다음 목적지는 밀라노였다. 밀라노까지 버스로 가기엔 거리가 좀 있어서 기차를 예매해 두었다. 그런데 짐을 싸면서 기차표를 확인하는데 출발이 오늘이 아니라 내일이었다. 그래, 단지 날짜를 착각했을 뿐이다. 비행기를 놓친 것도 아니고 다음 일정에 차질이 생긴 것도 아니었다. 이왕 이렇게 된 거, 자책보다는 좋은 마음으로 여유롭게 하루를 보내자고 스스로를 위로했다.

나는 내가 주도해서 찾아가지 않으면 길을 잘 기억하지 못한다. 직접 운전해서 가거나 지도를 찾아다니지 않으면 말이다. 이탈리아에서 내가 갔던 길은 거의(숙소를 제외하고) 함께했던 일행의 주도 아래 움직였었다. 어떤 의미로는 '자유를 찾아 나선 첫 순간'이라 의미 부여를 할 수도 있겠다. 이제부터 가게 되는 길은 대부분 은정 누나와 이미 한번 들렀던 곳이겠지만, 분명 처음 가는 길이 될 예정이었다. 언제 돌아올지 (혹은 돌아올 수 있을지도 잘) 모른다. 아침을 든든히 먹고 워커 끈을 단단히 묶고 길을 나섰다. 길을 찾는데 있으나 마나 한 스마트폰은 잠시 넣어두었다. 그리곤 제일 처음 갔던 콜로세움부터 차근차근 기억을 따라 길을 나섰다.

기억을 따라 향한 곳은 콜로세움이었지만, 도착한 곳은 아주 큰 성당이었다. 오늘은 누군가와의 약속도, 정해진 시간이 되면 일말의 망설임도 없이 떠나버리는 기차도 없다. 여행 4일 차 만에 자유 속에 또 다른 자유를 느낀다. 느린 걸음으로 이곳저곳 둘러봤다. 길가에 덩그러니 놓인 멋진 분수와 그런 분수 옆에 있어서 괜히 좋아 보이는 허름한 벤치에 앉아 수첩과 볼펜을 꺼내 들었다. 바티칸에서 산 아테네 학당이 표지에 그려진 수첩을 꺼내, 쓸 때마다 똥이 한 그득

나오는 볼펜으로 이런저런 글을 끄적였다. 지금에서 그때의 글을 보면, 거기까지 가서 이런 같지도 않은 글을 썼나 싶지만, 그래도 이런 기억을 더듬어보는 순간은 꽤나 그럴듯하니까.

시선이 가는 대로 돌아다녔는데, 신기하게 다시 테르미니역이다. 마침 출출했는데 잘 됐다. 역 안에 그럴싸한 피자집이 있다고 했던 호스트 아저씨 말이 떠올랐다. 그 식당을 찾아 안으로 들어가니 모두 1인 1피자를 하고 있었다. 우리나라 레귤러 사이즈보다 약간 작았고, 도우가 우리나라 고르곤졸라 피자보다 조금 더 두꺼웠다. 피자 한 판과 레드 와인 한 잔을 주문했다. 웨이터가 카드 리더기를 들고 다녔는데, 현장에서 바로 결제했고 영수증을 주었다. 그런데 20분을 기다려도 피자는 나오지 않았다. 알고 보니 커피를 주문할 때처럼 영수증을 카운터에 가져다주어야 했다. 거의 한 시간을 기다려서 먹었다. 다행히도 그날의 나는 여유롭기를 자처했기에, 기다리는 시간이 아깝지 않았다. 사실 기다리면서 가게에 앉아 사람 구경하는 것도 재미가 쏠쏠했다. 서양인들이 동아시아 사람들의 국적을 잘 구별하지 못하는 것처럼 나도 유럽 사람들의 국적을 잘 구별하지 못했다. 사람 구경하면서 저 사람들의 국적은 어디일까, 이 사람과 저 사람은 약간 다른 느낌인데… 궁금해하던 차에 뒤편 어딘가에서 들려오는 한국어. "이탈리아 사람들은 코가 참 커." 그 뒤로 그날은 온종일 코만 쳐다봤다.

이탈리아는 더웠다. 우리나라도 여름이 막 지난 시점이라 약간 덥긴 했지만, 이탈리아는 아직 여름이 한창 지나는 중이다. 가져온 반팔 티는 하나도 없었고, 밖을 돌아다니는 내내 해가 쨍쨍했다. 다행히 손수건을 가져와서 흐르는 땀을 닦을 수 있었지만 땀이 나는 것은 어쩌지 못했다. 그래서 역 안에 있는 옷 가게에서 적당한 가격에 반팔 티 한 장을 구매했다. 눈에 가장 처음 들어오는 매장에서, 가장 앞쪽에 진열된 (지금은 잠옷이 돼 버린) 티를 샀다. 짝을 내 새실과 영상통화를 하는데 왜 그런 옷을 샀냐며 통화 내내 구박을 받았다. 그러고 쉬다가 로마 시내를 더 돌아다니는데, 괜히 사람들이 나를 더 쳐다보는 것 같고, 그게 내가 입은 반팔 티 때문인 것 같이 느껴졌다. 그렇게 일정에 없던 여행은 생각보다 일찍 끝났다. 숙소에 돌아와 조금 쉬면서 다른 도시에서의 일정을 한 번 더 점검했다. 자유롭게 돌아다니고자 마음의 준비를 한 여유와, 생각지도 못하게 갑자기 찾아온 (그것도 내 실수로) 여유는 다르다. 여유에도 준비가 필요한 법이다.

저녁은 숙소 옆자리를 이용하던 원호와, 원호가 여행에서 만난 일행과 보냈다. 그 일행인 분은 모로코에 직장이 있는 한국인이었는데, 출장 겸 휴가를 내서 오셨다고 했다. 야외에서 즐기는 식사 분위기는 말할 것도 없고, 처음 보는 사람과 허심탄회하게 이야기할 수 있는 것이 좋았다. 나의 이야기를 하는 것도, 당신들의 이야기를 듣는 것도 즐겁다. 대화를 하면 꼭 빠지지 않는 주제가 있는데, 어떻게 유럽에 오게 됐냐는 것. 숨길 생각도 필요도 없으니 자연스럽게 꿈에 대해 이야기를 하게 된다. 여행의 목적이 그것과 관련이 있으니까 말이다. 그들은 무례하고 주제넘은 조언을 해주기보다 꿈을 위한 도전에 격려와 존경을 표했고 용기를 주었다. 물론 처음 보는 사람의 꿈을 무시하고 욕할 사람이 어디 있겠냐마는, 편의점 일을 하는 날 보며 짓던 비웃음, 딱하다는 듯한 시선, 가시 돋친 인사를 건네거나 어설픈 동정을 보내던 손님들과는 달랐다.

베니스

런던
바르셀로나
마드리드
세비야
밀라노
베니스
로마
비행기
준비
계기

첫 번째

베니스, 또는 베네치아라고 부른다. 세계에서 가장 아름다운 수상 도시로 알려져 있다. 로마에 머물던 마지막 날, 베니스에서 머물 숙소를 바꿨다. 원래 정한 숙소는 베니스 본섬을 가기 전에 있는 항구 도시에 있었다. 그곳에서 수상 버스를 타고 10분이면 갈 수 있는 거리지만, 왔다 갔다 하는 번거로움과 교통비 때문에 약간의 비용을 더 지불하고 본섬에 있는 민박으로 바꿨다. 수상 버스는 이용권이 일수로 나뉜다. 나는 3박 4일을 머물 예정이어서 3일권을 구매했다. 3일권으로 3박을 보내고 마지막 날 1회 권을 구매해서 타고 나오는 것이 가장 저렴하게 타는 방법이었다. 그리고 도착한 수상 버스. 말이 버스지 그냥 배다. 티켓을 따로 검사하지 않는데, 불시 검사를 해서 티켓이 없으면 두 배의 요금을 문다고 하더라.

숙소로 가는 길은 역시 험난했다. GPS가 고장 났다는 것은 적어도 베니스에선 내가 할 수 있는 일이 아무것도 없다는 뜻이다. 베니스는 골목이 아주 많다. 사람 한 명이 몸을 돌려야 겨우 지나갈 수 있는 골목도 구글 지도는 표기하고 있었다. 이곳에선 약속을 잡고 약속 장소로 아무리 일찍 나서도 헤매고 헤매다 늦을 것 같았다. 운치 있는 수많은 골목과 다리가 참 나를 난감하게 한다. 다행히 숙소 직원분이 마중 나와 있으셔서 로마에서의 참사는 되풀이되지 않았다. 숙소를 나서기 전 사전 답사를 할 필요가 있었다. 먼저 숙소와

베니스, 늦은 오후

가장 핫플레이스인 산마르코 광장을 세 번 정도 왕복하며 길을 익혀 두었다. 그러고 나서 산마르코 광장을 기준으로 동, 서, 북(남쪽으로 가면 바다가 바로 나온다)쪽에 있는 상징적인 건물 몇 개를 기억해 두었다. 다시 그 건물들을 기준으로 숙소까지 오가며 제법 오랜 시간 걸어 다녔다.

길만 익히려고 보낸 시간은 아니다. 처음 보는 수상 도시다. 물 위를 오가며 유유자적 움직이는 곤돌라. 물 위에 세워진 건물의 터를 이어주는 수많은 다리들. 그 사이로 흐르는 바다. 무엇보다 해 질 녘 큰 다리에서 바라본 석양이 아주 아름다웠다. 바다와 하늘은 같은 색깔로 물들었고, 가느다랗게 너울거리는 수평선만이 하늘과 바다를 구분하고 있다. 그 색깔은 아주 파랗다가, 곧 내가 표현하지 못할 붉기도 하고 파랗기도 하고 분홍빛도 띠는 그 중간 언저리의 색깔로 변해갔다.

저녁엔 약속이 있었다. 로마에 있는 바티칸에서 만났던 사람들 중 한 명인 승현 누나다. 마침 베니스에서 머무는 기간이 비슷해서 만나기로 했었다. 먼저 도착해 있던 누나는 다른 일행과 만나고 있었는데 거기에 합석했다. 그들은 아주 유쾌한 사람들이었다. 식당에 앉아 와인과 칵테일을 마시며 이런저런 이야기를 나누다가 곧 우리는 야경을 보러 나섰다. 누구도 길을 잘 아는 사람이 없었는데 그것도 그것 나름대로 편했다. 정처 없이 돌아다니다가 마주친 바다와

베니스의 해가 떨어질 때

야경은 아름다웠고 그곳이 곧 목적지가 됐다.

일행과 헤어진 뒤 숙소로 가는 길, 수상 버스를 타고 섬을 한 바퀴 돌았다. 수상 도시의 야경은 일반 도시의 야경과는 사뭇 달랐고 보기에 썩 괜찮았다. 어둠 속에 밝게 빛나는 도시의 불빛들이 야경을 보는 즐거움이라면, 베니스의 야경은 조금 다르다. 도시가 뿜어내는 불빛들이 출렁이는 바다에 반사돼 요동치기도 하고, 도시 사이로 흘러들어온 바다는 빛을 잔잔히 한곳에 담고 있다. 이런 곳이라면 조금 더 길을 헤매도 괜찮지 않을까.

두 번째

두 번째 날. 승현 누나와 누나가 머무는 숙소에 함께 머물던 주호 형을 만났다. 승현 누나는 오늘 베니스를 떠나는 날이었고, 주호 형은 그보다 빨리 가야 했다. 시간을 함께 보내다가 주호 형을 배웅하고 다시 관람을 했다. 베니스가 한눈에 보이는 전망대, 곤돌라가 멋지게 늘어져 있는 선착장, 아무 곳에 들어간 것 치고는 라자냐가 특별히 맛있었던 식당 등 베니스 본섬을 여유롭게 즐겼다. 점심 식사가 매우 늦게 나왔고 누구보다 느긋하게 식사를 음미했다. 하지만 마음이 여유롭다고 기차 시간마저 여유로워지는 것은 아니었다. 시

곤돌라 선착장

간을 어떻게 계산했는지 모르겠지만 느긋했던 식사를 마지막으로 우린 계속 뛰어야 했다. 설상가상으로 수상 버스도 연착됐다. 때문에 버스를 탈 수 있다, 아니다, 늦기 전에 다음 기차를 새로 예매하자는 것을 놓고 내리기 직전까지 고민했다. 결국 수상 버스에서 내리자마자 그 무거운 캐리어를 들고 기차역까지 전력 질주했다. 기차를 타자마자 손 흔들 여유도 없이 문이 닫히며 (문 너머로 손을 흔들어야 했던) 한국에서 만나면 꼭 밥을 사주겠다던 누나의 외침까지. 오늘 오전은 아주 완벽한, 여행보다 더 여행 같은 여행이다.

상당히 요란스러운 배웅 뒤, 혼자가 된 나에게 갑자기 찾아온 (승현 누나를 보내고 한참 역에 쭈그려 앉아 숨을 돌렸었다) 정적인 시간. 한숨 고르고, 다시 여유를 찾고자 하는 마음을 아는 것처럼 수상 버스는 한껏 시원한 바람을 가르며 천천히 숙소가 있는 역으로 향했다. 다만 조금 더 그 바람을 느끼고자 한두 정거장 즈음 지나쳤다. 처음엔 바람을 느꼈고, 나중엔 타고 내리는 사람들을 구경했으며, 한눈에 들어오는 금발의 사랑스러운 여인을 따라 이름 모를 역에 내렸다. 그 역은 베니스 인근 섬으로 가는 선착장이 있는 역이었다. 마침 거길 꼭 가달라고, 자기 소원이라며 사진을 어떻게 찍어야 하는지까지 알려준 새실의 당부가 생각났다. 그렇게 20분가량을 기다리고 30분가량 더 배를 타고 가면 있는 곳은 무라노섬과 다시 20분을 더 가면 있는 부라노섬이다. 바쁜 사람들은 무라노섬을 건너뛰고 부라노섬으로 간다더라. 무라노섬에 비해 부라노섬이 관광지로서 역할이 두

드러지기 때문이다. 뭐, 내게는 어디를 가든 이곳은 다 같은 멋진 수상 도시였다. 그래서 두 곳에 다 들리기로 했다.

무라노섬의 대략적인 크기를 보니 한 바퀴 다 돌기는 무리일 것 같았다. 한 시간 정도 있다가 갈까 생각하고 걸으면서 바다 사이의 건물인지 건물 사이의 바다인지 분간 못할 아름다운 도시의 전경을 감상했다. 그리고 도착한 부라노섬. 부라노섬에 가면 꼭 찍어야 할 포토존이 있다. 그러나 남들이 꼭 하는 것을 따라 하는 여행은 도무지 관심이 없었다. 오히려 포토존 앞에서 줄지어 차례를 기다리는 사람을 보니 괜히 더 거부감이 들더라(그 사진을 찍지 않아 새실에게 엄청나게 구박을 들어야 했지만).

나는 대부분의 승객들이 선착장에서 내려 걷는 방향의 반대 방향으로 걸었다. 점점 인적이 드물어졌고, 어떤 큰 저택과 정원이 나왔다. 개인 주택 같지는 않은데, 또 공원이라기엔 잔디나 나무들이 너무 너저분하다. 아무렴. 햇살이 따듯했고 바람은 시원했다. 마침 푹신해 보이는 잔디도 있기에 바다를 보며 가방을 베고 누웠다. 솔솔 불어오는 바람에 잠들었다. 일어나서는 그 섬에 사는 현지인 시점으로, 한 가게에 앉아 커피를 마시며 수없이 오가는 사람들을 구경했다. 이탈리아어만 구사할 줄 알았다면 더없이 허세를 떨며 능청스럽게 농이나 주고받았을 것을, 언제나 여행은 언어의 아쉬움이 남는다.

세 번째

본섬으로 돌아오는 수상 버스에서 한국인을 만났다. 여느 때처럼 첫인사는, "여행 오셨나 봐요!" 휴학을 했으며 커다란 배낭을 메고 까만 카메라를 한 손에 든 현지는, 제법 프로 여행객의 포스를 풍기고 있었다. '난 왜 더 어릴 때 여행 올 생각을 하지 못했을까?' 짧은 아쉬움을 뒤로하고, 젊은 나이에 이런 경험을 하는 현지를 부러워하며 대화를 나눴다. 여행을 비롯해 이런저런 이야기를 하다 보니 어느새 본섬에 도착해 있더라. 오늘 베니스를 떠난다기에 인연을 더 이어가진 못했다. 달리는 배 위에서 멋진 수상 도시와 바다를 감상하는 것처럼, 나에겐 언제나 (이런 멋진 장소에서) 만남과 대화가 무엇보다 행복하고 자유로운 여행의 순간이다.

민박으로 돌아오는 길, 다리 위에서 (난간에 턱을 괴고, 짝다리를 하고선 한쪽 발끝을 땅에 대고 뒤꿈치를 좌우로 흔들면서) 아래로 지나가는 곤돌라를 보며 여유로운 오후를 보냈다. 근처 식당에서 간단하게 저녁을 먹고 민박으로 돌아왔다. 이미 민박에는 여러 사람들이 주방 식탁에 둘러앉아 담소를 나누고 있었다. 호스트 아주머니가 준비해 놓으신 좋은 와인과 투숙객 중 한 분이 장 봐온 재료들로 직접 만든 멋진 요리들이 준비돼 있었다. 합석하자는 제안에 못 이기는 척(사실 오랜 시간 배를 타서 그런지 피곤하긴 했다) 합석했다. 무슨 이야기를 했는지는 기억나지 않지만 하루 여행의 피로를 풀며 와인과 함께 곁들인 대화

아이스 아메리카노를 파는
유일한 카페

는 무척이나 편했고, 긴장을 풀기에 충분했다.

다음날은 같은 방을 쓰는 사람들과 함께 베니스 본섬 투어를 했다. 파리에서 유학 중인 민석은 베니스에 이따금씩 왔었다고 한다. 덕분에 베니스에서 유일하게 아이스 아메리카노(얼음이 띄워져 있는!)를 파는 카페도 가고, 외국에서 만난 그 어떤 사람보다 코가 컸던 이탈리아 누님이 운영하는 가게에서 소원 팔찌도 샀다.

이날 점심은 조금 늦게 먹었는데, 은희 누나와 함께 먹었다. 은희 누나는 교회에서 알게 된 누나다. 다시 말해 고향이 같은, 원래 알던 누나다. 유럽 여행 계획을 짜던 중 누나도 유럽을 간다는 것을 알게 됐고 우연히 베니스에서 보내는 날짜가 겹쳤던 것이다. 함께 투덜대며 소금 맛이 강렬했던 피자를 먹었고, 해가 저물 무렵 큰 다리 위에서 석양이 지는 것을 지켜보다가 조금 더 늦은 저녁에 산마르코 광장에서 야경을 감상했다. 누나는 고프로를 들고 이것저것 찍는데 나는 고작 아이폰으로 깨작깨작하는 것이, 아 그때 공항 면세점에서 미러리스라도 하나 사 올 걸 그랬나 싶다. 그러고 보면 여행 와서 만나는 사람마다 멋진 카메라는 하나씩 꼭 들고 있다. 물론 그네들이 사진기를 꺼내 들어 멋진 풍경과 그 속에 있는 자신을 찍을 때마다, 난 가방에서 수첩을 꺼내 이것저것 깨작깨작 글을 적었다. 수첩과 볼펜은 카메라보다 훨씬 가볍고 부피도 적다. 렌즈도 필요 없다. 글도 사진도 둘 다 그때의 순간을 기억하며 감정을 불러일으키는 도구

#Enjoy Respect Venezia

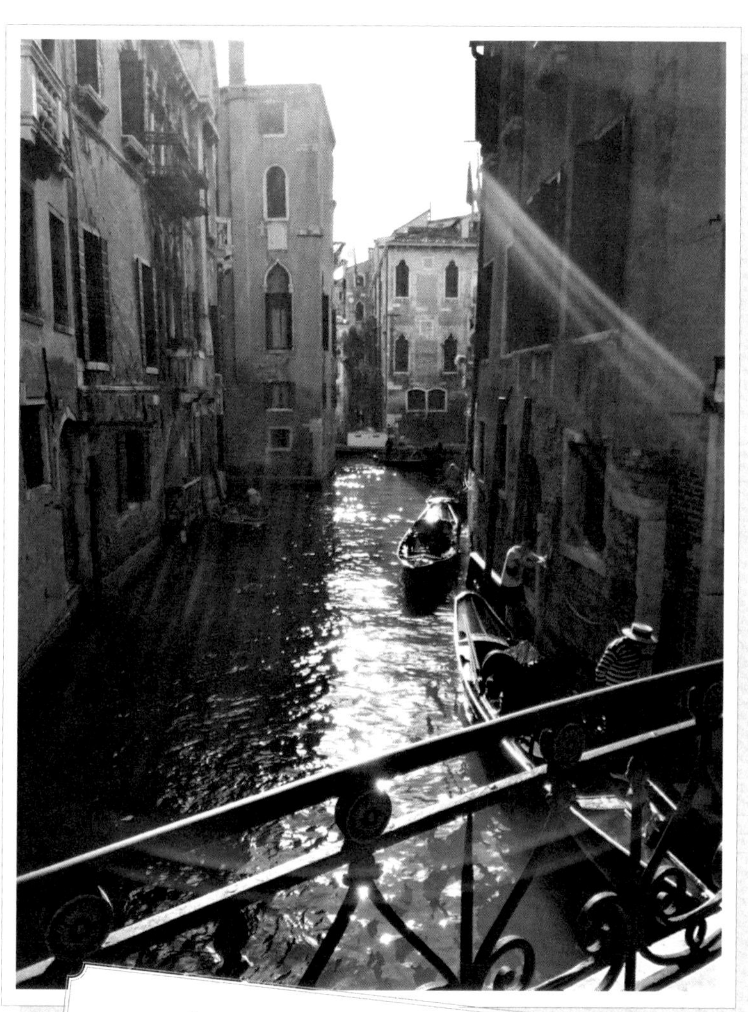

곤돌라와 다리 그리고 햇살

지만, 아쉬움이 남는 것은 왜일까… 어차피 '똥손'이라 사진도 잘 못 찍으면서 말이다.

산마르코 광장에는 전날 새벽에 비가 내려서 곳곳에 크고 작은 웅덩이가 있었다. 웅덩이에 반사된 성당과 야경이 제법 볼만하다. 이곳엔 유럽 최초의 카페가 있었는데 그 카페 주위로 3개의 카페가 더 있어, 총 4개의 카페가 광장을 두르고 있는 형태다. 커피 한 잔을 20유로나 주고 사 먹을 생각은 없었기에 어떻게 생겼나 구경만 했다. 카페에서는 저마다 공연이 한창이다. 카페들 전부 야외 테이블이 있다. 그 테이블 중심에 무대가 있는데, 각자가 공연단을 초청해 공연을 하고 있었다. 어떻게 생겼나 구경이나 하려고 들린 한 카페에서 한참을 멍하니 서서 공연을 관람했다. 내가 들은 연주는 현악 4중주였는데, 카페마다 어설픈 연주는 없었다. 하나같이 유명 클래식 공연에서나 들을 수 있는(물론 클래식 공연을 보는 취미는 없다만…. 사실 한 번도 본 적 없다) 퀄리티의 공연이었다. 아름다운 수상 도시에서 이런 고급스러운 연주를 아무렇지 않게 듣고 있으니, 삶의 질이 높아지는 기분이다.

네 번째

오늘은 베니스에서 마지막 날이다. 승현 누나, 주호 형과 함께 어떤 성당의 탑에서 베니스의 전경을 구경한 적이 있는데, 그때 만난 남매와 광장에서 우연히 마주쳐서 함께 식사를 했다. 조금 더 구경을 하다가 기차를 미리 예매해 두어서 인사를 하고 민박으로 돌아가 짐을 싼 뒤 바로 역으로 향했다. 다음 행선지는 밀라노에서 1박이다. 베니스에서 스페인으로 가는 비행기가 없어서 도시 하나를 경유해야 하는데, 그 도시가 밀라노이다. 패션의 도시 밀라노!

조금 일찍 도착해서 기차를 기다렸다. 허겁지겁 뛰어와 타자마자 문이 닫히는 스릴도 좋지만, 두 번 경험하고 싶은 기억은 아니다. 기차와 기차 사이에 있는 플랫폼에 쭈그려 앉아 기다리는데 한 할아버지께서 이탈리아어로 말을 걸어오셨다. 같이 앉아도 되겠냐는 말인 듯하다. 자신을 안토니오라고 소개한 할아버지와 나는 각각 이탈리아어와 영어로 말을 했다. 처음엔 이해하려고 부단히 노력했으나, 모르는 언어를 집중해서 듣는다고 알 수 있게 되는 것은 아니다. 그냥 나는 나대로 할아버지는 할아버지 대로 말을 했다. 말이 통하지 않았지만 AS 로마(축구팀)의 대단한 팬인 안토니오 할아버지와 나는 축구 이야기에서 서로의 언어를 알아들을 수 있었다.

내가 타는 기차의 칸은 승강장으로부터 가장 멀리 떨어진 곳에 입구가 있었다. "A class"라고 적힌 칸인데, 가장 좋은, 다른 말로 가장 비싼 좌석이 있는 칸이다. 이 기차표 예매는 여행을 가기로 결정하고 비행기 예매를 한 후 한 것인데, 대략 2주 전쯤 했었다. 그런데도 "C class" 이하의 칸은 모두 만석이었다. 잔뜩 부풀어 오른 가방을 옆에 내려놓고 자리에 앉았다. 비싼 좌석이어서 그런지 누울 수도 있었고 기내식처럼 무료로 제공하는 음료와 과자도 있었다. 후줄근한 차림의 나와는 달리 대부분의 사람들은 양복을 입고 있었다. 이탈리아 사람은, 남부는 대체로 키가 작고 딴딴한 이미지고 북부는 길쭉하고 여리여리한 이미지라고들 하더라. 패션의 도시 밀라노는 이탈리아 북쪽에 위치한 대표적인 도시다.

옆 좌석에 앉은 한 젊은 사람은 훤칠한 키, 세련된 양복에 깔끔한 백팩을 메고 있었다. 다리를 꼬고 앉아 신문을 들고 읽는 그 자태는, '똥손'인 내가 사진을 찍어 여느 패션잡지의 모델로 써도 부족함이 없어 보였다. 앞쪽에 앉은 할아버지도 양복을 입고 계셨는데, 내가 본 사람 중 페도라가 가장 잘 어울리는 할아버지였다.

밀라노

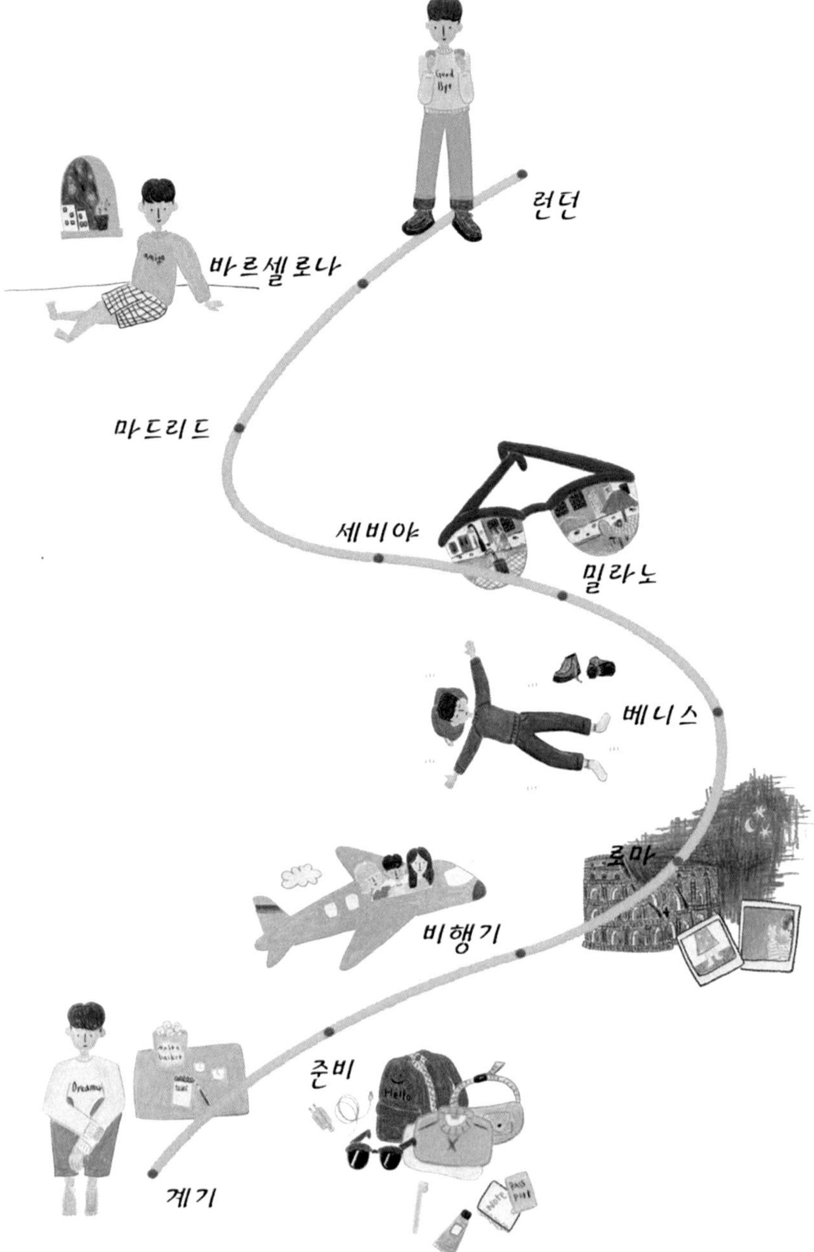

런던
바르셀로나
마드리드
세비야
밀라노
베니스
로마
비행기
준비
계기

기차에서 내려 역 안으로 들어가는 순간 내 눈앞에 가장 먼저 보이는 것은 에스컬레이터와 전광판이다. 한눈에 이 도시의 특징과 매력이 무엇인지 알 수 있었다. 이미 기차에서부터 밀라노의 멋에 푹 빠진 나는 도시를 거닐며 사람들의 옷을 관찰했다. 평소 나는 옷을 무난하게는 입을 수 있으나, 조금만 멋을 부려도 패션 테러리스트라는 소리를 들었다. 그만큼 패션에 대한 감각이 많이 부족했는데, 이런 내가 봐도 밀라노 현지인들은 참 말쑥하다. 대부분의 사람들이 정장을 입고 있었음에도 저마다 개성이 느껴졌다.

민박에 도착해 짐을 풀고 바로 도시로 나섰다. 명품 거리라 불리는 곳으로 갔다. 민박이랑 아주 가까워서 금방 걸어갈 수 있었다. 의외로 이곳의 사람들은 아까 역에서 숙소로 오며 느꼈던 정갈함이 느껴지지 않는다. 양손 가득 쇼핑백을 들고 있는 중국인도 간간이 보인다. 현지인보다는 관광객이 많은 거리다. 나도 그들 중 하나로 비칠 것이라 생각하니 조금 부끄럽기도 하다. 그래도 이곳까지 왔는데 그냥 갈 수 없어서 반팔 티 한 장과 바지 하나를 샀다. 까만 면바지인데, 세상에나 무슨 기장이 그렇게 긴지… 허리가 맞는 바지를 고르면, 기장을 손 한 뼘은 접어 입어야 할 판이다. 피팅룸에서 네 번이나 밑단을 접어 입은 나를 보고 가게 직원이 나에게 한 말은 "Beautiful…" 나를 호구로 보는 건지, 안 봐도 뻔한 기장의 바지를 굳이 네 번이나 접어 입은 나의 열정에 박수를 보내는 건진 몰라도 기념품치고는 비싼 바지를 구매하게 하는 것에 성공했다. 기장을 줄

여주겠다고 내일 찾으러 오라고 했지만, 밀라노에서의 일정은 1박 2일이다. 워커를 신어서 기장은 어떻게 대충 대처할 수 있었지만, 바지를 볼 때마다 기억나는 직원의 목소리는 잊을 수 없다.

저녁은 민박에서 먹었다. 밖에 나가서 이탈리아에서의 마지막 피자를 먹을까 했지만, 호스트 아주머니께서 라면을 준비해 놓으셨다. 거부할 수 없는 라면의 유혹. 아침마다 한식을 먹고 있지만, 그럼에도 라면은 아주 매력적인 선택지다.

그런 장소들이 있다. 그곳의 분위기를 몸으로 느끼고 싶은. 때로는 자연 한가운데 있을 때 그렇고, 때로는 군중 속일 때 그렇다. 그저 여행객일 뿐인 내가 하루 만에 이곳을 느낄 수 있는 가장 좋은 방법은, 그렇게 사는 사람을 보는 것이리라. 일어나자마자 양치만 대충. 부스스한 머리는 비니로 대충 가리고, 큰 선글라스를 쓰고 이탈리아에서 산 내가 가진 유일한 반팔 티를 입고 거리로 나왔다. (모닝 커피를 홀짝이는 사진을 sns에 올렸는데 여론이 영 좋지 않았다. 이 패션은 도저히 용납 가능한 것이 아니며 당장 버리라는… 패션의 도시 밀라노에서 들을 수 있는 가장 신선한 말이리라) 건물 사이로 부는 도시풍을 맞으며 가게 안으로 들어가 커피를 주문했다. 이곳 카페에선 다들 바쁘게 한 잔을 홀짝 비우고 떠나버렸다. 그들 사이에서 여유롭게 야외에 있는 테이블에 앉았다. 아니 남았다.

그날 밀라노에서 떠나는 기차 시간은 이른 오후여서, 밀란의 대표적 관광지인 두오모 성당을 다녀왔다. 지하철역에서 지상으로 올라오자마자 성당이 바로 보인다. 그렇지 않아도 커다란 성당인데, 마음의 준비도 하지 않고 마주한 성당이 그렇게 커 보일 수 없다. 아무리 멀리서 찍어도 다 들어오지 않는 높은 첨탑과 그 아래에서 그걸 찍기 위해 허리고 다리고 머리고 한껏 숙이는 사람들. 그들 속에 스며들어 나도 있는 대로 몸을 굽혀 성당 사진을 찍었다. 사진을 찍고 성당의 웅장함을 머릿속에 담고 돌아서는 발걸음은… 더운 날씨 때문인지 워커를 신은 발이 뜨거워 아주아주 불쾌했다. 그냥 반팔 티에 운동화를 신고 가지, 괜히 밀라노 왔다고 멋을 부려볼까 하여 셔츠에 워커를 신어서는 땀만 종일 흘렸다.

밀라노 두오모 성당

세비야

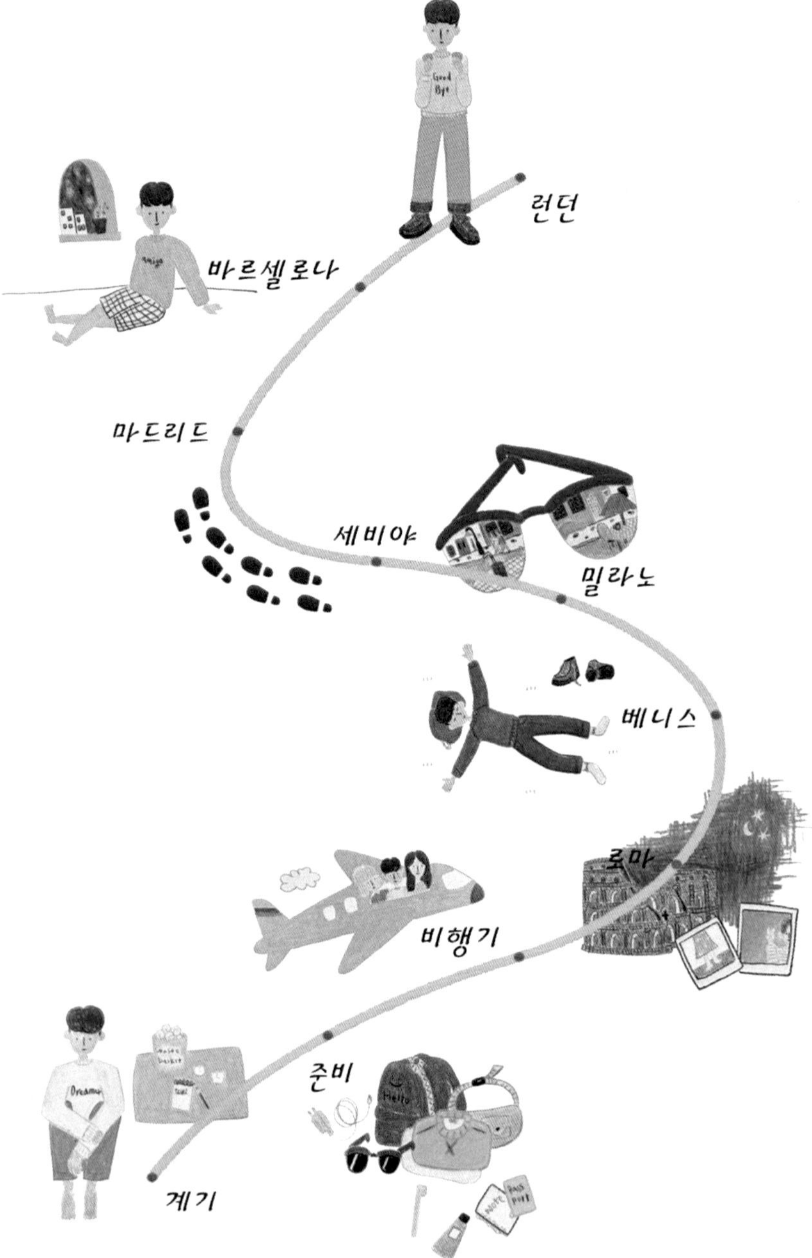
런던
바르셀로나
마드리드
세비야
밀라노
베니스
로마
비행기
준비
계기

첫 번째

스페인에서 방문한 첫 도시는 남부에 위치한 세비야다. 보수적인 성향인 안달루시아 지방의 대표적인 도시로 우리나라로 하자면 경상도의 대구나 부산쯤(순전히 내 생각이다)으로 보면 되지 않을까 싶다.

비행기는 저가 항공을 이용했다. 이륙할 때 한 번, 착륙할 때 한 번 기장이 나와 성공적인 이륙과 착륙을 설명했고 승객들 모두 박수를 쳤다. 신기하고 재밌고 또 섬뜩한 문화다. 공항에 도착해 민박으로 가는 버스를 탔다. 약 40분가량을 타고 가야 하는데 만석이었다. 유럽 땅을 밟던 첫 순간과는 다르게 더 이상 긴장감이 피로를 잡아두지 못했다. 일주일정도 밖에 지나지 않았지만 몸은 그보다 빠르게 이국 땅에 적응했는지, 긴장감은 가시고 은은함만 남았다. 조금은 늘어진 몸을 버스 한쪽 구석에 기대어 지는 석양을 봤다. 아직도 내가 이 먼 곳에 있다는 것이 신기하다.

버스를 타기 전, 버스의 행선지를 확인하고자 던진 몇 가지 물음에 친절하게 대답해 준 외국인이 있었다. 자신을 세르지오라고 소개한 청년은 같은 버스를 타니 자신을 따라오라고 말했다. 그는 말끔한 양복을 입고 있었는데, 출장을 갔다 온 느낌이었다. 그는 지는 석양을 바라보는 나에게 세비야라는 멋진 도시에 대해 소개해 주었다. 얘기를 하다 곧 우리는 공통의 관심사를 찾았는데 그것은 축구였

갈색 도시 세비야

안달루시아 소스와 돼지고기

다. 그는 세비야를 연고로 한 축구팀 세비야 FC 팬이었다. 이런저런 이야기를 하다 보니 시간이 금방 흘렀다. 내릴 때 그가 한 말은, 이제 곧 저녁 시간이다. 세비야는 감자 요리가 유명하니 먹게 되거든 꼭 안달루시아 소스를 곁들여 먹어보라는 조언이었다.

GPS가 고장 난 스마트폰의 지도를 보는 것에 익숙해졌나 보다. 별다른 어려움 없이 민박을 찾았고, 민박 스태프도 부재중이지 않았다. 어떤 사람들과 방을 함께 쓰게 될까? 배도 고프고 피곤하니 인사는 간략하게 하고 식사나 같이했으면 좋겠다. 하지만, 좋은 소식인지 나쁜 소식인지… 내가 머물 3인실인 그 방엔, 내가 세비야에 있는 동안 투숙객이 없다더라. 쓸쓸하기도 할 것 같고 편하기도 할 것 같다. 뭐, 아무렴. 금강산도 식후경이니 밥부터 먹자. 대충 짐을 풀고, 민박 스태프가 추천해 준 근처 식당으로 갔다. 돼지고기를 탕수육처럼 튀긴 요리와 감자를 주문했다. 스페인어로 돼 있는 메뉴판이 익숙하지 않았지만, 세르지오가 추천해 준 소스는 정확히 기억하고 있었다. 가게 주인도 그 소스에 상당한 자부심을 가지고 있었는지 먼 땅에서 온 이국인이 그 소스를 찾는 것을 아주 흡족해하더라.

•

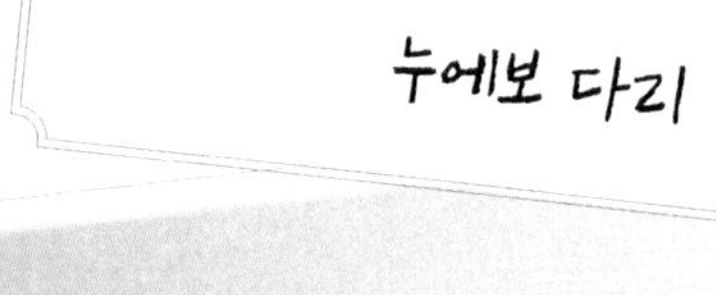
누에보 다리

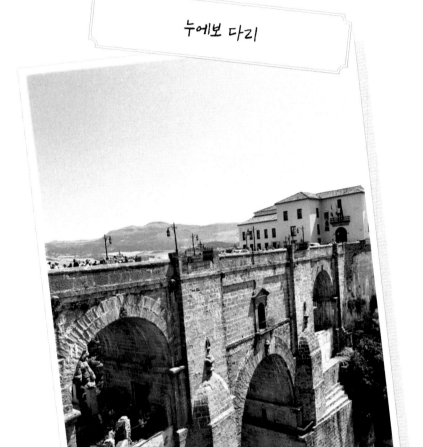

두 번째

다음 날 아침. 밥 먹으러 주방에 가보니 두 사람이 더 있었다. 한 분은 오늘 이탈리아로 떠난다고 하셨고 다른 한 분은 이틀 정도 더 있다가 떠난다고 하셨다. 계획을 짤 때 무슨 생각이었는지 축구 경기장 말고는 다른 일정을 생각해 두지도 않았으면서 나는 이곳에서 3일이란 시간을 정해 두었다. 그런 나에게 때마침 그 식사 자리에서 자신을 현이라 소개한 친구가 동행을 제안해 주었다. 그녀가 짜둔 계획을 따라 하루를 보낼까 했다. 약 40분가량 버스를 타고 우리가 간 곳은 세비야 근교 론다라는 곳이다. 절벽 가운데를 이어 만든 누에보 다리는 반지의 제왕에 나올 법한, 간달프와 발록이 결전을 벌였던 웅장함과 아찔함이 느껴지는 다리다. 우린 서로에게 이것은 인생샷이라며 자신이 찍어준 사진에 감탄하면서(이제 와서 말하는 것이지만, 내가 사진에 이렇게 자신감을 표한 것은, 현이도 나만큼 똥손…) 소꼬리 요리를 먹으러 갔다. 살코기를 좋아하는 나는 온통 비계 덩어리인 꼬리에 실망하며 한국어로 된 메뉴판에 괜히 심술을 부렸다. 아주 거대하고 웅장한 누에보 다리도 좋았고, 이탈리아에서 이런 만남이 좋았던 것처럼 함께 걸으며, 또 버스를 타며 나눴던 소소한 대화들이 좋았다. 아주 진지한 이야기, 혹은 농담도(소꼬리만 아니었다면 완벽했을 텐데).

세비야에 돌아와선 민박집 스태프가 구해준 플라멩코 공연을 보기로 했다. 공연 전에 저녁을 먹었는데, 근처에 푸드코트 같은 식당가가 있었다. 온통 타파스뿐이었지만 맛이 썩 괜찮았다. 양도 적어서 이것저것 여러 개 먹어볼 수 있었고, 위치도 좋아서 세비야 강변을 보며 세상 느긋하게 (물컹한 소금을 씹는 것만 같은 아주 짠 소시지를 먹으며) 식사를 했다. 이것저것 거기 있는 모든 타파스를 먹어보고 싶었으나 생각보다 배가 빨리 찼다.

공연은 지정석이 아니다. 그래서 조금 일찍 공연장으로 갔다. 생각보다 줄이 길더라. 다름 아니라 중국 관광객이 대형 버스로 두 대나 오더니, 때아닌 인해전술을 선보였다. 늦게 왔으면 큰일 날 뻔했다. 공연장은, 무대가 있고 무대 앞으로 원형 테이블이 몇 개 있다. 그 뒤로 2인용 테이블이 무대를 중심으로 부채꼴로 펼쳐져 있는 작은 소극장이었다. 우린 웨이터가 지정해준 2인용 테이블로 가서 앉았다. 플라멩코는 비보잉이나 난이도가 있는 춤처럼 화려하지 않았다. 그러나 하나하나의 절제된 동작에서 열정이 느껴졌다. 구두에서 나는 또각또각 소리와 손에 든 캐스터네츠처럼 생긴 무언가로 박자를 두드렸다. 한쪽에선 기타로 (스페인에 전통 노래가 있다면 이런 느낌이지 않을까 싶은 멜로디로) 흥을 냈다. 배우들은 정말이지 열정이 넘쳤고 그 열정에 관객들 모두 박수와 환호를 주저 없이 보냈다. 땀이 여기저기 튀는(?) 걸 보고 무대 가까이 있던 원형 테이블로 안내해주지 않은 웨이터에게 감사하는 마음도 잊지 않았다.

서울의 한강처럼 세비야도 세비야를 관통하는 작은 강이 하나 있다. 이제 만 하루가 조금 지났을 뿐이지만 그 강의 운치에 빠져들기에 그리 적은 시간은 아니었나 보다. 공연을 보고 숙소로 들어가기 아쉬웠던 우리는 근처 가게에서 와인 한 병을 사고, 숙소에서 잔 두 개를 꺼내 강가로 갔다. 오전에 론다로 가는 버스를 타러 가면서 봤던 강가 잔디에 누워 데이트를 하던 젊은 커플은, 아직 그곳에 머물고 있었다. 아무리 여행이라도 그들만큼 여유로울 자신은 없었지만 강둑에 걸터앉아 와인을 따고(식당 주인이 코르크 마개를 어중간히 따줘서 우여곡절 끝에 코르크 마개를 와인병 안으로 집어넣는 선택을 해야 했다) 짠. 소소한 이야기들도 좋았지만 이곳은 정적이 더 어울렸다. 사색이 어울리는 아름다운 강에서, 무슨 생각을 했는지 정확히 기억나진 않지만 축구 보고 싶다는 생각은 분명했던 것 같다. 이런 분위기에 어울리는 BGM이 뭐가 있을까도.

사실 단지 오늘 하루였지만 여행, 공연, 대화. 종일 같이 있으면서 재밌었다. 게다가 그 하루의 마무리가 이런 분위기라면 썸이 생겨도 이상하지 않을 상황이었다. 대게 혼자 여행을 가는 사람에게 생길 법한 그런 상황. 그렇지만 그러지 않았다. 현이는 남자친구가 있다. 그것만으로 충분한 이유가 되겠지만, 나를 생각한다면 지금 이 여행 중엔 무언가에 구속되기 싫었다. 물론 당장은 아니더라도 이런 만남이 여행 그 이후의 시간까지 이어져 소중한 인연이 될 수도 있는 것이지만 적어도 오늘은 아니다. 뭐, 나만 그런 분위기를 느낀 것일 수

'이름 모를 강'(사실은 알폰소 13세 운하)

코르크 마개가 들어간 와인

도 있고 말이다. 그저 같이 하룻밤을 보내는 상황이 벌어진다고 누구도 막거나 나무랄 사람은 없다. 그러나 내가 무슨 부처는 아니지만, 그런 관계는 도무지 관심이 없었다. 그렇게 우린 적당히 분위기를 즐기면서 야경이 아름다운 것에 취해 즐거운 마음으로 아무 일 없이 돌아왔다.

숙소에 돌아와서 씻고 침대에 누워 내일 일정을 짰다. 계획이라고는 '세비야 FC의 축구 경기장'을 가는 것이 전부였다. 걸어서 가면 20분이 조금 더 걸리는 거리지만, 경기장을 가는 중에 세비야 대성당과 스페인 광장도 있으니 천천히 거쳐 가면 될 것 같다.

세 번째

더운 날씨에 걸어서 20분 또는 30분은 먼 거리였다. 최대한 복장을 가볍게 하고 출발했다. 스페인의 늦은 여름은 폭발적인 더위는 아니지만 은근한 찝찝함이 있었다. 민박을 나서기 전 물 한 병을 들고 오길 아주 잘 했다. 첫 번째 목적지는 세비야 대성당. 유럽의 성당 중 세 번째로 크다는데, 실제로 보니 정말로 엄청 크다. 처음 본 성당이 유럽에서 가장 큰 성 베드로 성당이 아니었다면 충분히 더 놀랐을 것 같다. 그래도 크긴 엄청 컸다. 콜럼버스의 묘가 있는데 네

스페인 광장

개의 조각상이 묘를 지고 있다. 그 안에는 유골이 있다고 한다. 천천히, 아주 천천히 성당을 둘러보았다. 구경하다가 사람이 몰리는 곳이 있어서 갔다. 위층으로 올라가는 계단이 있다. 아무 생각 없이 올라갔다. 한 층이 우리나라 아파트 한 층의 반 정도 되는 짧은 높이였지만, 계단이 출구 없이 33층까지 이어졌다는 것을 알았다면 충분히 더 고민을 하고 오르는 결정을 했을 텐데….

계단의 끝은 첨탑이었다. 첨탑으로 가는 계단이었다. 첨탑에 올라 사방으로 나 있는 작은 창틀을 통해 세비야를 한눈에 볼 수 있었다. 솔솔 불어오는 바람은 더운 바람이 아니었고 땀에 젖은 앞머리가 흩날리는 기분이 좋았다. 내려갈 때는 올라올 때보다 조금 더 여유로운 걸음으로 천천히 내려왔다. 수많은 사람들이 나를 앞질러 갔다. 이때만큼은 세계인이 한국인보다 빨랐다.

세비야 축구장까지 바로 갔다면 20분이면 충분한 거리지만, 근처 이곳저곳을 들리니 좀 더 많은 시간이 소모됐다. 이 더위와 찝찝함은 계산에 없었다. 스페인 광장으로 걷는 길은 많이 더웠다. 스페인 광장에 다 와 가니 노점상들이 많이 보였다. 노점상에서 생수 한 병을 더 사려는데 가격이 많이 비쌌다. 작은 생수와 큰 생수는 가격 차이가 그다지 많이 나지 않아서 큰 2리터짜리를 사버렸다. 커다란 생수병을 들고 광장으로 들어섰다. 흘린 땀에 몸도 마음도 많이 좋지 않았지만, 그것을 다 고려하더라도 스페인 광장은 굉장히 아름다웠

꼬마 호날두

다. 호수도 있고, 영화에나 나올 법한 궁전처럼 생겼다. 때마다 이 광장 가운데서 플라멩코를 춘다고 하던데, 그 순간이 지금은 아니다. 난 항상 이벤트와는 거리가 있는 편인데, 유럽에 왔다고 다르진 않나 보다. 천천히 시계 방향으로 내부를 둘러보고, 물이 떨어질 때 즈음 꼬마 호날두가 있는 그늘진 어딘가에 앉아 잠시 쉬었다.

광장 근처가 번화가였는지 출구가 다섯 개에 차선도 상당히 넓은 도로가 있었다. 도로 주변으로 이름 모를 낮은 유럽풍의 건물들과 가로수, 공원도 하나 있는 것이 도심 한가운데 있는 느낌을 준다. 이런 느낌에 약간은 더 피로하게 길을 걸었던 것 같기도. 우리나라 야구장이 그런 것처럼 이곳 축구장 근처엔 먹거리와 스포츠용품 가게들이 많았다. 아까 스페인 광장에서 봤던 호날두와 메시의 이미테이션 유니폼도 길거리에 아주 흔하게 팔고 있었다. 점심때가 조금 지난 시간. 마침 축구장 앞에 맥도날드가 있어서 들렀다. 한국처럼 기계에서 주문하고 결제하면 돼서 편했다. 배를 채우고 구장에 갔다. 라몬 산체스 피즈후안!(Estadio Ramón Sánchez Pizjuán!) 구장 외향이 아주 깔끔하다. 4만 5,500명을 수용할 수 있는 규모의 구장이다. 스페인 월드컵 당시 준결승전이 이곳에서 치러졌었다. 아르헨티나의 축구 영웅 디에고 마라도나도 잠시지만 몸담았던 세비야 FC! 구장을 한 바퀴 돌고 오피셜 스토어에 들어갔다. 뭐랄까… 유럽에서의 첫 축구 구장 이어서 그런지 더위와 피로는 잠시 가시고(오피셜 스토어 안의 상쾌한 에어컨 바람이 원인일 수도 있다), 밀려오는 감동! 마냥 즐거

라몬 산체스 피즈 후안

ESTADIO RAMÓN SÁNCHEZ-PIZJUÁN
FAN SHOP
SEVILLA FUTBOL CLUB

FOOTBALL
FOOTBALL
FOOTBALL
FOOTBALL
APPAREL
KIDS
KIDS
FOOTBALL
FOOTBALL

웠다. 평일이기도 했고 인기가 많은 구단이 아니라서 그런지 손님이 나 혼자였다. 이방인이 이곳까지 와서 다른 관광명소가 아니라 축구 구장, 오피셜 스토어에 있는 것이 신기했는지 직원이 와서 말을 걸더라. 세비야 팬은 아니지만 축구를 굉장히 좋아하고 유럽의, 특히 스페인의 축구 문화를 느끼고 구장을 관람하는 것이 오랜 꿈이었다고 하니 세비야 FC에 대한 소개를 간략히 해 주었다. 짧은 소개를 마치고 매력적이지 않냐며 팬이 될 것을 제안했지만, 난 이미 다른 좋아하는 구단이 있었다. 레알 마드리드 CF(세비야와 정통의 라이벌은 아니지만 스페인에서 1, 2위를 다투는 빅 클럽이기에 늘 다른 구단의 표적이 된다)의 팬이라고 하니 직원은 굉장한 유감을 표하며 냉큼 자리로 돌아가더라. 어쨌든 유럽에서 나의 첫 축구장이었다는 것만으로 세비야 FC 팀에 대한 정이 생긴 것은 사실이다.

마드리드

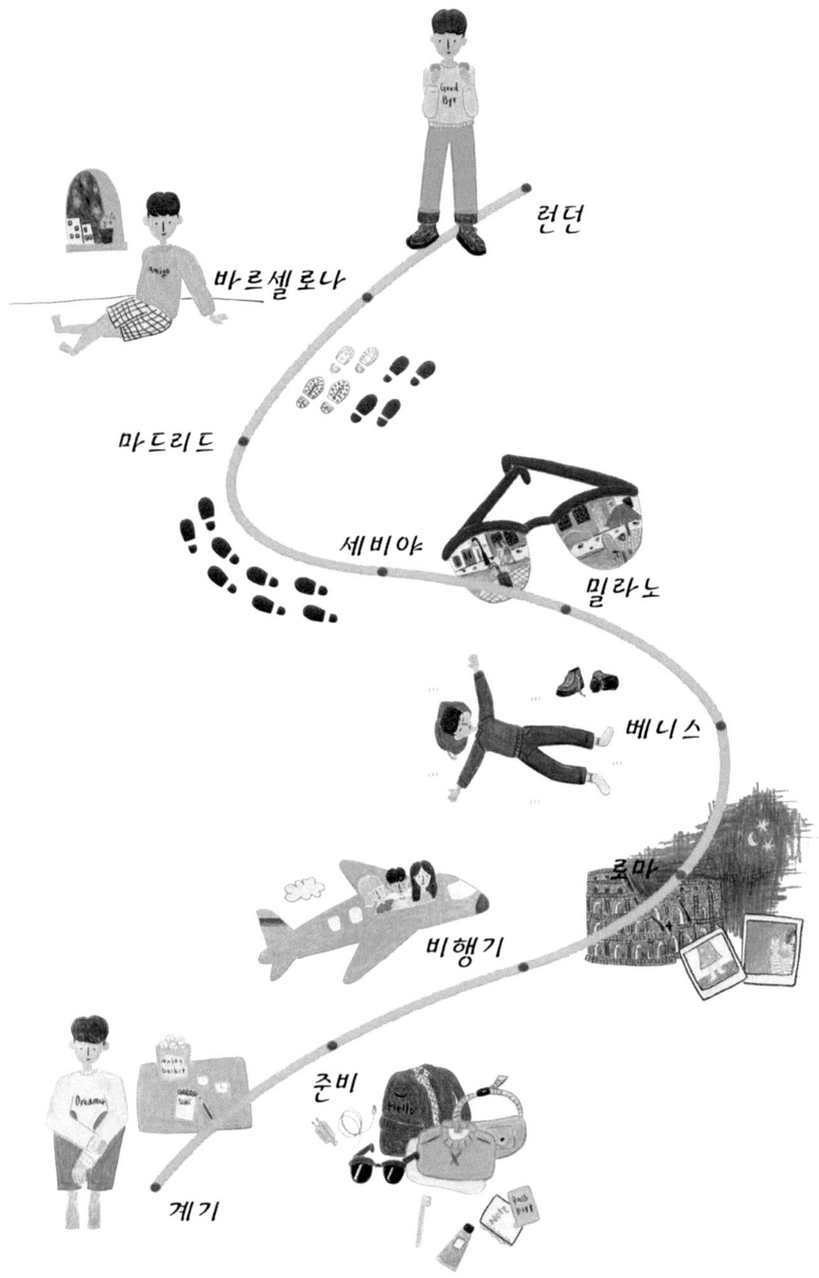
런던
바르셀로나
마드리드
세비야
밀라노
베니스
로마
비행기
준비
계기

첫 번째

기차가 있는 것만 알아봤었다. 이 도시에서 저 도시로 가는. 당연히 예약은 하지 않았다. 세비야에 도착하자마자 예매를 했지만 80유로를 지불해야 했다. 기차표를 싼 가격에 구입하려면 적어도 2~3주 전에는 예매를 해야 한다. 습관으로 만들어진 문화의 한 부분이겠지만, 우리나라에서는 명절이나 긴 연휴가 아니고서는 이렇게나 일찍 교통수단을 예매할 일이 잘 없다. 이곳에서 웬만큼 큰돈이 아니면 지출되는 금액을 크게 신경 쓰지 않았는데, 이건 좀 배가 아프다. 기차는 오후다. 느긋하게 준비를 하고 짐을 잠시 민박에 두고 강변으로 나왔다. 강의 이름이 무엇일까? 궁금하긴 했지만 굳이 구글 지도를 찾아보진 않았다. 낯선 도시에서 발견한 아름다운 강의 이름은, 이방인에겐 '이름 모를 강'이 가장 어울리는 이름이다. 강변 둔치에 앉아 기차 시간을 기다리는 마음은 세비야에서 있었던 모든 일의 전부였다. 아늑하고 소소한. 플라멩코처럼 열정을 가득 담고 있지만 천천히 흐르는 강물처럼 절제된.

마드리드의 푸에르타 기차역에 도착했다. 도착해서는 기차역과 전철역을 헷갈려(외국인에게 길을 물었는데, 자신도 여행객인 것을 대화의 끝자락에 알려주더라) 한참을 머뭇거렸다. 그러나 이젠 이런 일에 당황하지 않는다. 어쩌면 전철 타는 방법을 찾는 모습이 처음 여행 온 여행객에게 가장 잘 어울리는 모습일 수 있다. 자연스럽진 않지만 로마에

마드리드 하늘

서처럼 식은땀이 흐르지는 않았다. 어쨌든 시간이 흐르면 도착할 것이다. 시간과 돈이 조금 더 소모될 뿐이다.

민박이 있는 까야호역에 도착했는데 이미 해가 저물었다. 등에 멘 배낭이 무거워질 시간이다. 도시에서 도시로 이동하는 날, 그러니까 숙소를 옮기는 날. 도착한 숙소에 짐을 내려놓을 때면 (짐이 무거운 것은 아니다) 뭔가 상쾌한 기분이다. 이런 마음을 제하더라도 이곳 민박은 첫인상이 아주 좋다. 호스트분이 인테리어에 관심이 많은 것 같아 보였다. 이미 거실엔 사람들이 저마다 편안한 자세로 자리를 잡고 이야기를 나누고 있었다. 자신이 아닌 여행객을 보는 것이 익숙한 듯, 제법 편안한 시선으로 나를 맞아주었다.

내가 묵는 방은 5명이 함께 사용하는 방이었는데, 짐은 이곳저곳에 보이나 사람은 없었다. 지금은 나가기엔 늦은 시간이지만 들어오기엔 이른 그런 시간이었다. 대충 짐을 풀고 샤워를 하고 거실로 갔다. 물이나 한잔하려고 나왔는데 호스트분께 물이 어디 있는지 물어보니 캔맥주를 주더라. 호스트분과 혼자 여행을 오신 두 명의 여행객, 아버지와 함께 여행을 오신 여성분, 뒤늦게 관광을 마치고 돌아온 세 명의 사람들과 거실에 모여 이런저런 이야기를 하며 시간을 보냈다. 사실 늘 같은 이야기다. 이름, 나이, 어떤 목적으로 이곳에 오게 됐는지, 여행을 왔다면 여행의 코스, 내일의 일정, 시시껄렁한 농담들, 조금은 진지한 이야기도 가벼운 마음으로. 가끔 텐션이 너무 올라 지나친 사람들도 간혹 있지만, 나뭇잎만 떨어져도 까르르 웃는 스무 살 신입생처럼 어떤 이야기도 웃어넘길 수 있다. 이야기를 끝내고 남자 방에 돌아와 조심스럽게 축구 이야기를 꺼냈는데 아니나 다를까, 하나같이 다음날 있을 레알 마드리드 CF와 레반테 CF의 축구 경기를 보러 가는 일정이 있었다. 호날두가 얼마나 위대한 선수인지에 대해 토론을 하다가, 그 위대한 선수가 징계를 받아 내일 출전하지 못할 것이라는 사실에 아쉬워했다. 그렇게 한참 더 축구 이야기를 하다가 잤다.

두 번째

유럽여행 일정 중 오늘이 가장 중요하고 설레고 기대되는 날이다. 단일 지출로는 비행기 다음으로 높은 지출을 기록하기도 했다. 아침부터 들뜬 마음에 부산하기 그지없다. 같은 방에 머무는 형님들이 왁스를 가지고 오셔서 머리도 호날두처럼 만들었다. 경기장으로 가는 내내 얼굴에서 웃음이 떠나지 않았다. 하지만 아쉽게도 호날두는 징계를 받아 다섯 경기를 나오지 못한다는 것을 알고 있었다. 이미 일정과 일정에 따른 예매를 다 마친 후에 벌어진 일이었기에 내가 할 수 있는 것이 없었다. 내 눈으로 현시점에 세계 최고 중 하나로 평가받는 선수의 플레이를 보지 못한 것이 정말로 한스러웠지만,

그것 때문에 온종일 시무룩해 있을 수는 없는 노릇이다. 보통 축구 경기 티켓은 구매대행 사이트에서 구매하는 것이 여행객들에겐 쉽고 편한 선택이지만 이 경기만큼은 레알 마드리드 CF 홈페이지에서 직접 예매를 했다. 그것도 300유로짜리 VIP 좌석으로!

우리는 경기 시작 시간보다 세 시간가량 일찍 왔다. 입구는 북적북적했다. 산티아고 베르나베우(Santiago bernabeu)는 현대식의 화려함은 없다. 그러나 오래된 역사 그 자체를 드러내는 듯 웅장하기 그지없었다. 유럽에서 내가 본 그 어떤 성당보다도! 경기장을 배경으로 사진도 찍고, 아디다스 오피셜 스토어에서 호날두 유니폼도 샀다. 경기 시간이 다 돼서 입장을 하려고 갔다. 다른 일행은 줄을 서고, 많은 인파 속을 헤쳐가야 했지만 나는 VIP다! 입구에서 티켓을 보여주니 검은 정장을 입은 사람이 나에게 다가와 초록색 띠를 팔목에 채워주고는 정중히 안내를 해 주었다. 입구에서부터 엘리베이터를 타고 내가 있는 좌석까지 에스코트해 주었다. 내 생에 처음으로 야구 경기를 보러 갔던 기억이 났다. 두산베어스의 홈 경기장인 잠실구장에서의 경기였다. 계단을 올라 경기장에 들어선 순간 사방에서 쏟아져 나오는 조명과 초록색 푸른 그라운드. 이미 시작된 서포터즈의 응원과 몸을 푸는 선수들과 그들을 가까이서 지켜보는 팬들. 야구에 그다지 흥미가 있지 않았지만 순식간에 두산베어스의 팬이 됐던 기억이 난다. 지금은 그때의 감동의 245,030배쯤 된다. 웅장하기 그지없는 외관과 그리 다르지 않은 장엄함이 경기장을 감싸고 있다.

VIP석인 만큼 경기장이 아주 잘 보였는데, 직사각형의 커다란 운동장이 마름모꼴로 한눈에 들어왔다. 선수들이 입장할 때 그들의 이름을 부른다. 장내 아나운서가 family name을 부르면 우리는 first name을 합창한다. 내 생의 첫 축구 경기. 환상적인 구장에서. 그것도 세계 최고의 팀이라 평가받는, 내가 가장 좋아하는 팀의 경기다.

경기는 아쉽게 무승부로 끝났지만 감동은 여기서 끝나지 않았다. 경기 후 경기장을 나서려는데 VIP석에 앉았던 사람들은 출구와는 다른 방향으로 가더라. 그래서 따라갔다. 그곳엔 트로피와 레알 마드리드 CF의 역사를 담은 사진이 전시돼 있고 무료로 제공되는 다과도 준비돼 있었다. 와인 한 잔을 받아 들고서 원형으로 된 스탠딩 테이블로 가서 구경을 했다. 곧이어 내 옆으로 몇 명의 외국인이 왔다. 그리곤 오늘 경기에 대해서 함께 이야기를 나눴다. 나의 안목과 현지 팬들의 안목이 그리 다르지 않다는 것에 어깨가 한껏 으쓱해졌다.

축구의 황홀함에서 헤어나오지 못하고 그 큰 경기장을 몇 바퀴나 더 돌았는지 모른다. 그러고도 아쉬워하며 주변을 어슬렁거리다가 민박집 일행인 용규 형과 형수 형을 만났다. 형님들과 일단 민박으로 돌아가기로 했다. 알고 보니 두 형님들 모두 공항을 경유하는 과정에서 분실물이 발생했고, 특히 용규 형은 캐리어가 분실되는 사고를 당했다. 다행히 대사관의 도움을 받아 수화물을 되찾으러 오라는 연락을 받았다. 그래서 민박으로 돌아왔다. 러시아 항공이었는

산티아고 베르나베우

VIP Lounge

데, 종종 있는 사고라더라. 캐리어에 현금이나 지갑을 넣어두면 짐을 운반하는 과정에서 수화물 안에 있는 현금을 도둑질하고 캐리어는 아주 다른 곳으로 보내버리거나 경유시키지 않고 그 자리에 둔다고 한다. 여행의 낭만 뒤에 숨겨진 사건과 사고가 많다. 나도 지퍼가 있는 크로스백을 가지고 갔었는데, 여행 초반엔 앞으로 매고서 손으로 꼭 쥐고 다녔었다. 유럽은 소매치기가 아주 유명하기 때문이다. 여성이 혼자 여행을 가는 경우, 특히 동양인의 경우 인파가 많은 곳에서 추행을 당하는 경우도 많다. 여행 도중 심심치 않게 차별적인 행동과 언사를 듣기도 했었다. 축구 경기 중에도 관중들은 상대편 선수가 흑인이나 아시아인일 때 인종차별적 제스처나 구호를 외치기도 한다. 단속도 많이 하고 엄중한 처벌을 하기도 하지만 끊이지 않고 일어나는 일이다.

모처럼 휴가를 왔는데 분실 사고가 일어났으니, 형님들 마음도 편치 않았으리라. 이렇게 흘러 보내는 시간이 참 아까울 따름인데, 용규 형은 자기 혼자 가 볼 테니 관광하러 가보라고 형수 형과 나를 보냈다. 한 사람이라도 더 시간을 의미 있게 쓰자는 용규 형과 쉽게 걸음을 떼지 못하는 형수 형. 친구구나 싶더라. 그렇게 다시 여행의 일정을 이어가기로 했지만 우린 딱히 계획이 없었다. 그래서 시내나 구경하러 나갈까 하는데, 마침 새로운 사람이 민박에 도착해 이것저것 부산하게 준비를 하고 있었다. 스페인에 유학 중인 지우라는 친구였는데 잠시 시간 내서 관광을 하러 왔다고 한다. 정말 잠시인 것

소코트렌 위에서 본 톨레도 야경

이, 오늘 와서 내일 가는 바쁜 일정이다. 얼마나 심사숙고해서 관광지를 결정했을까! 따로 일행이 없었던 그녀의 계획에 우리는 무임승차하기로 했다.

톨레도는 마드리드 근교에 있는 도시인데, 중세시대에 스페인의 수도 역할을 하던 큰 도시다. 마드리드가 급속도로 성장한 것과 반대로 톨레도는 시간이 정체된 듯 1600년대 중세 도시의 모습을 간직하고 있다고 한다. 40분가량 버스를 타고 도착한 우리는 결혼식이 한창인 커다란 성당과 주변 구시가지를 둘러보았다. 해가 질 때 즈음 소코트렌이라는 꼬마 기차를 탔다. 톨레도 중심에서 외곽으로 나가 도시를 반 바퀴 도는 기차인데, 해 질 녘이 황금시간이라 줄이 아주 길었다. 기차는 오른쪽 좌석이 좋다. 지우가 냉큼 앉아버린 데는 다 이유가 있더라. 고갤 삐쭉 내밀고 의자에서 반쯤 일어나지 않으면, 옆 사람의 뒤통수가 도시 풍경의 한 가운데를 갈라버려서 감성이 도저히 일지 않는다. 나중에 자리를 바꿔주겠다는 지우였지만, 아무렴 그냥 외곽을 따라 천천히 움직이는 기차 자체가 좋았다. 바람이 시원했고, 반으로 갈리지 않은 하늘이 예뻤다. 이 기차는 도중에 내리면 다시 못 타지만(그러고 보니 멈추지도 않았다. 다만 도중에 내릴 수 있을 만큼 천천히 가기는 했다) 딱 한 번 사진 찍기 좋은 곳에서 10분간 정차한다. 해 질 녘. 이미 많이 어두워서 스마트폰으로 인물사진은 도무지 찍기가 어려웠다. 붉은 해 질 녘 하늘은 얼마 지나지 않아 차갑게 내려앉은 어둠에 묻혀버렸다. 곧 서서히 밝아지는 도시의 야경이 노을의 빈자리를 메웠고 환한 달이 완전히 해를 밀어냈다.

늦은 밤. 피곤했는지 조금은 느린 걸음으로 민박에 돌아왔다. 그러고 보니 유럽은 화장실 구조가 조금 달랐다. 화장실 바닥에 배수구가 없었다. 세면대에서 씻고 물이 튀면 걸레로 닦아야 했다. 샤워실은 칸막이로 물이 튀지 않게 해 놓았는데, 다행히 샤워하는 공간에는 배수구가 있더라. 샤워를 하고 방에 들어갔다. 여자방(바로 옆방이다)에서 들리는 수다 소리. 거실엔 직업 군인인 정진이라는 친구와 짐을 찾아온 용규 형 그리고 호스트인 줄 알았던 민박집 사장님(은 한국으로 출타 중이셨다) 아들인 지훈이 이미 거실 테이블에 앉아있었다. (어제 만난 사람들 중 형님들을 제외한 다른 이들은 전부 오늘 퇴실하는 사람들이었다). 다들 거실에서 맥주 한잔하는 분위기여서 형수 형과 함께 거실로 나왔다. 여자방에 있던 그들은 이미 그들만의 수다가 한창이었는지 방안이 시끌벅적했다. 무슨 정신이었는지 조심스레 노크를 했다. 방 안은 순식간에 정적으로 바뀌었고, 누군가 안에서 조용한 목소리로 노크에 응답해 주었다. 다들 거실에서 놀고 있는데 나와서 같이 놀자고 능청스레 웃으며 정보를 전달했지만 나를 스캔하는 그들의 따가운 눈총에 갑자기 긴장이 됐다. 그다지 매력적이지 않은, 사실에 근거한 정보만 전달하고는 꼬리를 내리고 혼자 거실로 나왔다. 곧 나가겠다고 했지만 그들은 나오지 않았다. 뭔가 아쉽더라. 지금까지 경험으로 유럽에서 만난 한국 여행객 간의 유대는 특별한 경우를 제외하곤 한순간 만남에 그치든, 그 만남이 이어지든 아주 유쾌하고 의미 있는 시간을 만들어 냈었다. 삼고초려의 마음이었다. 아쉬운 마음에 그렇게 두 번 더 노크를 했고, 내가 생각한 유대는 나를 배신하지 않았으며, 하나같이 내일의 계획이 흐릿했던 우리는 8인의 세고비아 원정대를 꾸리게 됐다.

세 번째

여행은 9월. 방학이 끝나고 비수기에 접어든 시점이어서 그런지 학생보다는 직장인들이 많았다. 난 이제 막 20대 후반에 접어들었기에 유럽에서 만난 대부분의 사람이 형, 누나들이었으나 이번만큼은 아니었다. 다솜과 미래는 나로선 알지 못하는 개그 코드와 유행어, 신조어들을 구사하는 젊은이들이었다. 은형과 설화, 진영은 같은 나이 친구였고 그보다 세 살 많으신 형님들도 있었다. 처음엔 다솜과 미래의 활발함을 따라갈 길이 없어 적지 않게 당황했지만, 이제 막 대학생이 된 그들의 에너지는 이내 이번 동행의 커다란 활력소로 자리 잡았다(게다가 형님들의 아재 개그와 이들의 활발함은 케미가 아주 좋았다).

우리가 정한 첫 여행지는 세고비아. 세고비아에 있는 수도교였다. 짧은 상식에, '수도교? 설마 수도가 그 수도겠어?'라는 마음과 '교? 다리를 말하는건가? 물을 흘러가게 하기 위한 다리라니 너무 비효율적이잖아?'라는 생각을 했다. 괜히 심각해져서는 '세고비아에 유행했던 종교인가?'라는 생각까지 했던 것 같다. 무식함을 숨기기 위해 그냥 따라갔고, 믿기지 않을, 물을 흘러가게 하는 비효율적이고 웅장하기 그지없는 다리를 보았다. 정말 크더라. 도시에서 도시로 물을 흘러가게 하려면 끊임없는 경사가 필요할 텐데, 그 경사를 만들기 위한 높이가 얼마나 높던지. 하지만 높이에 비해 생각보다 폭이 좁았다. 너무 궁금해서 사진에 몰두한 그들을 뒤로하고 수도교 꼭대기로 가 보았다. 다리 자체가 아주 높아서 그런지 세비고비아의 한쪽 풍경이 눈에 들어왔다. 사람도 제법 있더라. 아슬아슬, 넘어가지 말라고 세워 둔 철창 위로 힘겹게 고개를 들어 보았다. 물이 흘러가는 수도교 다리 위 좁은 폭이 눈에 들어왔다. '생각만큼 좁았지만 깊게 파인 홈이 흘러는 가겠구나.' 나를 어느 정도 납득시켰다. 하지만 아무리 봐도 물을 흘러가게 하는 것보다는 훗날 관광지로써 홍행시키고자 큰 그림을 그려 건축한 것이 틀림없어 보였다.

높은 곳을 오르내리느라, 또 사진을 건지기 위해 사투를 벌이느라 허기가 진 우리는 점심을 먹기 위해 이동했다. 점심은 정진이 꼭 먹어보고 싶다던 코치니요 아사도를 먹기로 했다. 새끼 돼지 통구이 요리인데, 보통 스페인에서 크리스마스 시즌에 먹는 요리지만 세고비아에서 유래된 음식이라 전문점이 거리마다 아주 많았다. 수도교 바로 옆 야외 테이블이 멋들어지게 반겨주는 식당으로 들어갔다. 가격이 인당 28유로쯤 하는 비싼 음식이었지만 우린 분위기를 내 보기로 했다. 음식을 기다리며 이런저런 이야기를 하고 있는데, 언뜻 봐도 세프처럼 생긴, 70은 가뿐히 넘어 보이는 할아버지가 음식 수레를 끌고 나왔다. 까만 군악대가 입을 법한 옷을 입고 동그란 태엽 안경을 끼고 한껏 분위기를 잡고 있었다. 카메라를 꺼내 드는 손님들. 이내 셰프는 야외 테이블 중간에 서서 스페인어로 한참을 설명(연설?) 하더니 눈이 X자가 된 채로 사지를 벌린 채 엎어져 있는 구운 새끼 돼지를 동그랗고 하얀 접시로 경박스럽게 잘라댔다. 그렇게 대여섯 번 새끼 돼지를 난도질하더니 접시를 바닥에 휙 하고 던지고는 뒤도 안 돌아보고 들어가 버렸다. 쨍그랑 소리와 함께 사람들의 박수 소리가 들려왔다. 하마터면 접시 파편에 눈을 다칠 뻔한 놀란 마음을 진정시키며 안경을 쓰고 오길 잘했다고 생각하고 잘린 새끼 돼지가 담긴 접시를 받았다. 듣기로는 몇 명 이상 이 요리를 주문하면 하는 이벤트라고 한다. 좋은 볼거리는 맛을 한층 더해줬다. 돼지는, 껍질은 바삭하고 속살은 부드러웠다. (사실 삼겹살이 많이 생각났다) 뭐, 수도교를 옆에 두고 세고비아의 초원과 중세 건물의 풍경이 눈에 훤한 이곳에서 하는 식사라면 무얼 먹도 상관없었을 것이다.

세고비아엔 유명한 성이 하나 있다. 다음 목적지였던 알카사르성이다. 동화 백설 공주에 나오는 성의 모티브가 된 성이다. 그래서 백설 공주 성으로 유명한 관광지다. 옛날 서양 동화에 나올 법한 성에 와 본 것은 서울에 롯데월드 말고는 여기가 처음이다. 단순히 성만 덩그러니 있지 않았다. 관광지여서 꾸며 놓은 것인지, 원래부터 그

코치니요

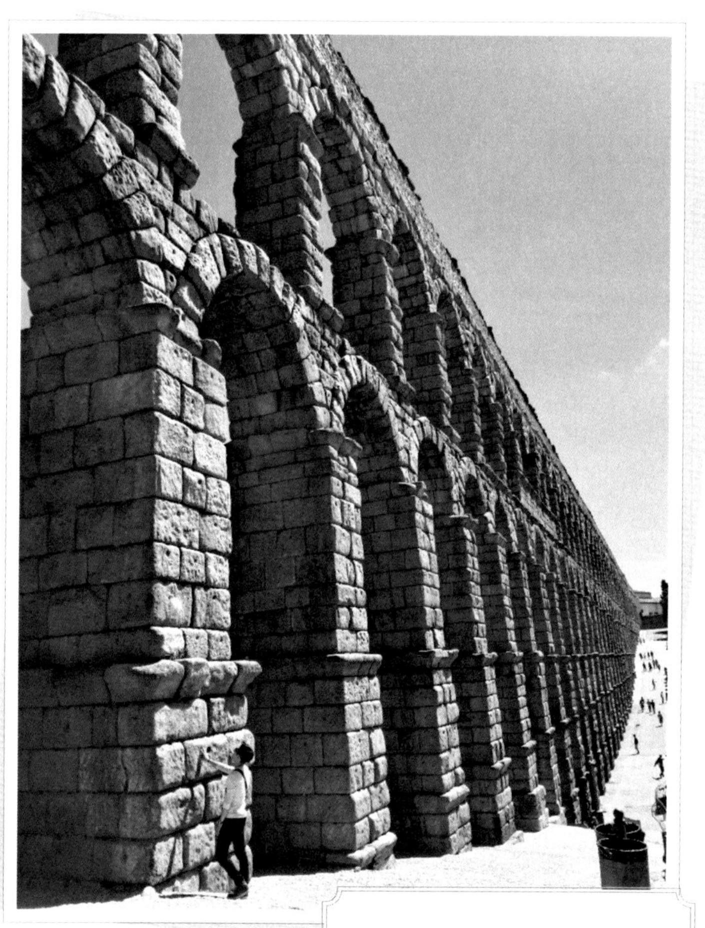

수도교

랬는지는 모르겠지만 넓은 정원이 있었고 초원엔 풀과 꽃이 예뻤다. 성 주위로 내려다보면 아찔한 성벽도 있었다. 혼자 여행을 다닐 땐 카메라를 꺼내는 일이 거의 없었다. 그러나 사진이 그리 중요하지 않던 나와는 달리 일행들은 저마다 카메라를 들고 열심히 사진을 찍었다. 덕분에 나도 그들의 사진 이곳저곳에 흔적을 남겼다. 특히 용규형의 셀카봉을 따라다니며 많이 찍었다. 여긴 어떤 역사적인 유래나 의미를 찾기보다는 성 자체의 관상과 특히 야경을 즐기면 좋은 곳이다. 아쉽게도 이곳은 너무 넓어서 다 둘러보지 못했다. 많이 지치기도 했고, 버스 시간도 애매했기에 야경을 포기하고 민박으로 돌아와야 했다.

스페인의 대표적인 음식은 타파스와 빠에야다. 하지만 세비야에서부터 스페인에 온 지 일주일이 다 돼 가지만 타파스와 빠에야를 먹은 것은 딱 한 번, 세비야에서 한 끼 저녁이 전부다. '마드리드에선 꼭 먹어야지' 생각했지만 이 민박의 아침상은 상다리가 휘어질 정도로 스케일이 크고 맛이 있었다. 축구를 볼 때 경기장에 팔던 치킨 앤 칩스도 아주 맛있었다. 그래서 사실 타파스와 빠에야의 존재를 잊고 있었다. 그런데 이제 타파스를 먹을 기회가 생겼다. 헤밍웨이가 자주 갔다는 타파스 집은 왜 이렇게 많은지, 다행히 우리가 간 곳은 아주 그럴싸한, 정말로 헤밍웨이가 갔다고 해도 충분히 믿을 법한 타파스 집이었다. 식당은 작았다. 손님도 많아서 7명(정진은 휴식과 개인적인 관광을 위해 민박에 가서 헤어졌다)이 앉을 자리를 마련하기 위해 오랜 시간 기다려야 했다. 기다림 끝에 자리를 잡았고 아주 먹음직스러운 타파스가 나왔다. 그중에서도 버섯 타파스와 고추 타파스가 아주 맛있었다. 또 맛있는 음식 말고도 특별한 이벤트가 하나 있었다. 가게 안 테이블 한가운데에 전자오르간이 있었는데, 한국 손님이 많이 와서(가게가 좁아서 7명이면 충분히 많은 숫자다) 그런지 웬 아저씨가 갑자기 나타나서는 오르간을 치며 한국 가요를 불러주었다. 때아닌 장윤정의 어머나와 김범수의 보고 싶다를 떼창했다. 우린 오르간 치는 아저씨가 신기했고, 손님들은 그걸 따라 부르는 우리가 신기했을 것이다.

일정이 끝나고 민박에 도착했다. 우린 씻고 약속이나 한 것처럼 거실로 나왔다. 거실로 가니 새로운 사람들이 와 있었다. 민박집 사장님은 마드리드 내에 두 개의 민박을 운영하고 계셨는데, 지훈이가 다른 민박에서 우리를 아주 스위트하고 재밌는 사람들로 소개해 주어서 다른 민박 사람들이 놀러 온 것이다. 그분들은 상당히 활력이 넘치는 여성분들이셨다. 사람 만나는 즐거움이 절정에 달한 때였지만, 그들은 감당하기 조금 벅찼다. 그래, 이런 사람이 있으면 저런 사람도 있는 법이다. 다른 사람들은 잘 어울리는 것을 보니 내가 조금 지쳤나 싶기도 했다. 그날은 와인을 마셨는데, 그리 많이 마시지 않았지만 취한 척 그대로 방에 들어와 먼저 잠을 잤다.

네 번째

다음날 우린 마드리드 시내를 관광했다. 솔 광장, 마요르 광장, 스페인 광장. 광장이 참 많다. 그 밖에도 수도인 마드리드는 소소하게 볼거리들이 참 많다. 해가 질 즈음 산 미구엘 시장에서 각자 흩어져 저녁을 먹었다. 저녁을 먹고 나오니 석양이 제법 그럴싸하게 하늘에 내려앉고 있었다. 유럽 하늘은 참 맑다. 편서풍을 타고 날아온 중국발 미세먼지가 없어서 그런 것인지, 관광산업이 발달해서 그런 것인지 하늘은 도화지 같았다. 하늘은 창조주의 솜씨에 따라 수놓는 대로 물들었다. 온종일 목이 빠지라고 하늘만 봤던 것 같다. 길을 걸으며 변해가는 하늘의 색깔을 보는 것이 좋았다. 고개를 한쪽에서 다른 한쪽으로 둥글게 서서히 시선을 옮기면 해가 저무는 과정이 한 폭에 들어왔다. 서쪽에서 태양이 저물며 분홍빛 석양이 물들고 있었고, 동쪽에선 이미 해가 멀어져 남색 하늘이 펼쳐졌다. 영롱하다는 표현이 아마 가장 알맞겠다. 마드리드 왕궁에 도착해 지평선 위로 펼쳐진 숲과 그 위로 저물어가는 노을을 한동안 지켜봤다. 기분 탓일까, 한껏 멋을 내고 있는 이 도시의 하늘이 길거리에 나와 있는 사람들을 여유롭게 만드는 것 같았다. 현지인이든, 관광객이든 아주 차분하고 더딘(버스 시간이 아주 촉박한 사람이 없었던 것일 수도) 걸음을 떼고 있었다.

그러고 보면 한국에서 나는 하늘을 보고 걷는 일이 아주 드물었다. 미세먼지가 많은지 확인하기 위해 산이 보이나 안 보이나 흩어진 시선으로 차 안에서 바라보는 정도였나? 그마저도 운전 중이 아닐 땐 스마트폰으로 확인했겠지. 내 시선은 끊임없이 목적지를 찾거나, 형광등이 밝혀주는 일터에 머물러 있었다. 어쩌다 비가 올 때면 물웅덩이에 비친 하늘을 한번 보긴 했을까. 하늘 한번 볼 여유도 없었나 싶다가도, 생각해보면 딱 그만큼의 삶을 살고 있었다. 반복되는 일상에 필요한 여유와 활력은 13시간이나 걸려서 도착한 유럽 하늘에 있었지만, 어쩌면 훨씬 가까운 곳에서 찾을 수도 있지 않을까…. 생각 없이 쳐다보던 하늘도 복잡해지려 한다.

민박으로 돌아오는 길이 조금 걱정됐다. 해가 저물어 더 이상 하늘이 영롱하지 않아서가 아니다. 오히려 빛이 사라진 하늘엔 별이 선명하게 빛나고 있었다. 나도 모르게 미간이 찌푸려진 이유는 지난밤 나를 지치게 했던 그분들이 여전히 계시면 어쩌나 하는 마음 때문이다. 그래, 방금 전까지 하늘을 보며 삶의 여유를 관철하던 나였는데! 떨궈진 고개는 어울리지 않다. 이것도 인연인데 오늘은 잘 해보자! 크게 마음먹고 갔는데, 지훈의 말로는 오늘은 오지 않는다고 했다. 다짐이 무색해지는 순간이었지만 마음에 평안이 찾아오는 것이 느껴진다.

해 질 무렵, 마드리드

마드리드 왕궁

람블라 테러 희생자를
추모하는 마음

바르셀로나

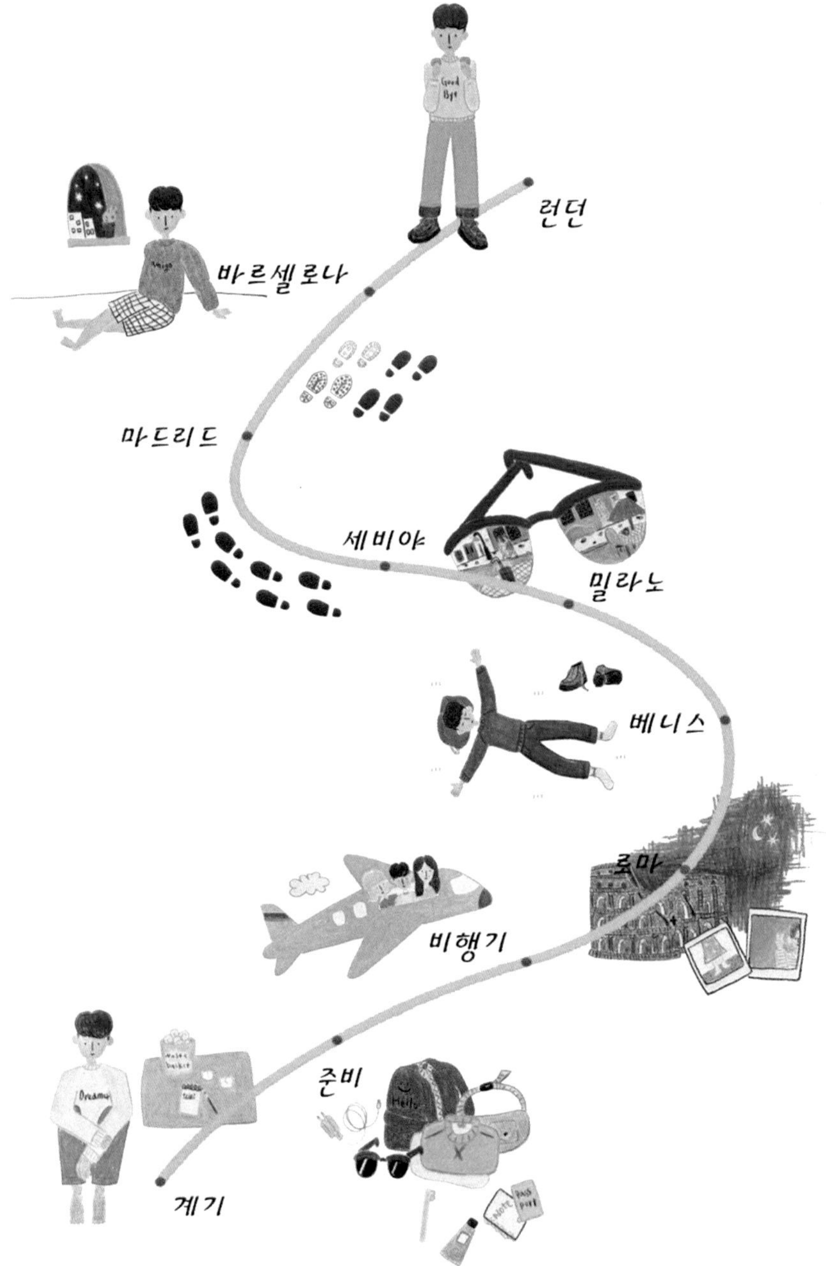

런던
바르셀로나
마드리드
세비야
밀라노
베니스
로마
비행기
준비
계기

첫 번째

정진을 제외하곤 모두 다음 일정이 바르셀로나였다. 하지만 우린 만남을 기약하지 않았다. 헤어짐은 아쉬웠지만, 섭섭하지 않다. 각자가 어렵게 마련한 자유를 침범할 권리는 누구에게도 없었다. 길을 가다가 우연히 마주칠 수 있다. 내가 가는 그곳에 그들이 올 수도, 그들에게 내가 갈 수도 있다. 아니면 이 만남이 유쾌하고 소중했던 것처럼 다른 좋은 만남이 기다리고 있을 수도 있다. 기약 없는 만남. 그저 마음 가는 대로 하면 된다. 이곳에서의 자유다. 다만 만남 자체에는 여전히 큰 기대와 갈증을 느끼고 있었다. 나의 로망과 자유를 이곳에 조금 더 머무르게 두고 싶다.

바르셀로나에 도착해 곧장 민박으로 갔다. 해가 긴 나라 스페인. 특히 바르셀로나는 아직 여름이 지나지 않았다. 9월이었지만 긴 소매 옷을 입고 있으니 덥고 답답하다. 민박을 찾아가는 길에 땀이 아주 많이 났다. 그래서 민박에 도착하자마자 샤워를 했다. 민박은 북적이는 시내와 아주 가까운 곳에 있었다. 창 아래로 내려다보는 거리엔 사람들이 아주 많았다. 주말도 아닌데 무슨 사람들이 이렇게나 많은지 궁금했다. 창 아래를 한참 내려다보는 내게 호스트분이 설명을 해 주셨다. 오늘이 카탈루냐 지역의 국경일이라더라. 공휴일이었고, 저마다 카탈루냐를 상징하는 국기를 망토처럼 맨 사람들이 거리에 나와 목적지 없는 행진을 하고 있었다.

카탈루냐 지역을 대표하는 바르셀로나와 카스티야 지역과 스페인 주 정부를 대표하는 마드리드는 오래전부터 정치, 경제를 비롯해 역사적으로 갈등을 빚어왔다. 그 때문에 마드리드를 대표하는 축구팀인 레알 마드리드 CF와 바르셀로나를 대표하는 팀인 바르셀로나 FC는 아주 앙숙이다. 두 팀은 실력도 세계 최고를 다툰다. 레알 마드리드의 팬인 나는 레알 마드리드 유니폼을 입고 바르셀로나의 중심지인 람블라스 거리를 활보하는 것이 버킷리스트 중 하나다. 하지만 오늘 같은 날 그랬다가는 정말로 생매장당해 해외 조난자가 될 것이 분명했다.

떠나는 기차 안에서 세비야에서 만난 현이와 연락이 닿았다. 나보다 하루 먼저 바르셀로나에 도착해 이미 관광 중이라더라. 만나기로 하고, 다른 일정이 있던 현이를 기다리는 동안 옷도 살 겸(국경일이라서 그런지, 아니면 원래 이렇게 사람이 많은 것인지는 몰라도 북적거리는) 시내 이곳저곳을 구경했다. 그러나 쇼핑을 다 하고 람블라스 거리를 두 번이나 왕복했지만 그녀는 오지 않았다. 한참이 지나서야 연락이 왔는데, 다른 약속이 생겨(심지어 내가 아주 가고 싶어 했던 시체스 해변에 갔다더라) 오늘 만나기가 어렵겠다고 했다. 나는 별다른 말을 하지 않았다. 그래 뭐, 그럴 수 있다. 여행을 하다 보면 어쩔 수 없는 여러 상황이 불시에 일어난다. 약속을 잡을 수밖에 없었던 난처한 상황이었을 수도 있다. 아니면 정말로 꼭 가보고 싶은 곳인데 마침 상황이 지금 꼭 가야 하는 상황일 수도 있다. 그래서 더 물어보지 않았다. 그렇게 이런저런 이유를 스스로 만들어가며 이해를 하려 했지만, 이미 마음은 답답하고 서운하고 화가 났다. 내가 현이와 그녀의 여행을 존중하려 애쓸수록 오히려 나는 존중받지 못하는 것 같았다. 내가 불쌍했다.

오늘 내가 걷는 걸음이 무의미하지 않길 바랐다. 두 번이나 걸어서 이제는 길을 좀 익힌 람블라스 거리를 한 번 더 걸었다. 거리의 끝에 바다가 있었기 때문이다. 적당하게 조용하고, 적당하게 물결이 잔잔하게 밀려오는 항구 끝에 걸터앉았다. 수첩과 볼펜을 꺼냈다. 바티칸에서 산 줄 없는 조그만 한 무지 노트다(다행히 이 노트는 데스노트가 아니다). 이리저리 떠다니는 마음을 가누지 못했기 때문에 아무 글이나 써보자는 심산이었다. 잔잔히 가라앉히고 싶었다.

마음은 둘 곳을 찾지 못해 이리저리 헤매고 다녔다. 그러나 몸은 가만히. 바닷소리에 이따금씩 고개를 드는 것과 글을 쓰기 위해 움직이는 양손의 움직임이 전부다. 홀로 여행을 왔지만 비행기에서부터 지금까지 혼자였던 적이 거의 없었다. 한국에서 힘들었던 삶에 대한 보상은, 여행이라는 어떤 새로운 긴장과 사람을 만나는 즐거움으로 채워지고 있었다. 그래서였을까? 그 기대와 즐거움으로부터의 외면에 마음은 길을 잃었고 빈자리는 하릴없는 여유로 가득해졌다. 이 정적은 힘든 인생에 그토록 찾아 헤매던 여유였지만 준비 없이 순식간에 찾아온 여유는 아주 어색한 정적이었다. 빈자리를 같은 것

바르셀로나 항구

으로 채울 수 없었다. 그래서는 안 될 것 같았다.

조용하게, 천천히 마음의 소리를 기다렸다. 바다를 보며 생각하고 싶었던 것들이 많았던 걸 기억했다. 지금 그런 생각을 하면 행복할 것 같았다. 아무것도 나를 방해하지 않은 지금, 보고 싶던 바다를 보는 지금.

학창시절 학급 문집을 만든다고 모두가 글을 하나씩 써야 하는 날이 있었다. 대부분의 친구들이 장난 반 진심 반으로 그 시간을 때우곤 했는데, 나도 그들과 크게 다르지 않았다. 그때 서툰 솜씨로 썼던 소설이 있다. 그 소설은 기대하지 않았던 칭찬을 받았다(문학 과목 담당 선생님이 아니었다면 그다지 감흥이 없었을 수도). 그 칭찬은 일말의 재능에 대한 기대를 품게 했다. 하지만 그것도 잠시, 대부분의 학생들이 그런 것처럼 나도 학업에 대한 고민으로 글은 잠시 인생의 한쪽 구석으로 미뤄 두었다. 학업에 대한 열정은 아주 막연했다. 때로는 좋아하던 누나가 간 대학에 가기 위해 공부했었고, 때로는 누군가의 기대에 부응하기 위해 공부했었다. 많은 시간을 공부했으니 보상받고 싶은 마음도 있었다. 함께 공부하던 대부분의 친구들의 종착지는 대학이었다. 나는 품었던 그저 그런 열정, 딱 그 열정만큼의 대학에 갔다. 그리고 그 대학은 충분한 보상이 되질 못 했다. 그래서 자퇴하고 재수를 해서 다른 대학에 입학했다. 다시 입학한 학교에서도 같은 마음이었다. 아무리 생각해도 공부는 열심히 한 것 같은데, 결과는 비슷했다. 이내 그건 보상받지 못해서가 아니라 그냥 부끄러운 마음 때문이었구나 라는 내 진심을 알게 됐다. 나는 더 이상 도전하지 않고 머무르기로 했다. 시간은 빠르게 흘렀다. 취업에 대한 고민을 할 시기는 금방 찾아왔고, 그때가 돼서야 지금까지 마음 한구석 어디인지도 모를 곳에 처박혀 있던 꿈이라는 것이 헤벌쭉 웃으며 나를 보고 있더라. 한번 꽂히면 쉽게 빠져나오지 못하는 성격 탓인지, 점점 꿈에 대한 생각이 머리를 잠식해 왔다. 현실을 모르는 철부지라 할 수도 있지만, 낭만을 잃지 않고 세상을 살아간다고 하고 싶었다. 마침 상황이 나아진 가게는 작가라는 궁한 직업에 알맞은 방패(돈벌이)처럼 보였다. 돈을 벌면서 글을 쓰기 적당하겠구나! 막연한 계획이 그렇게 좋아 보일 수 없었다.

하지만 벅찬 기대로 시작한 가게 일은 글을 쓰기에 적합한 환경이 아니었다. 일은 힘들었다. 가게는 거쳐 가는 곳이겠거니, 쉽게 마음먹은 것이 오산이었다. 나의 꿈 때문에 어머니의 자부심이며 희망인 가게 일을 소홀히 할 수 없었다. 게다가 그간의 고생으로 급격하게 몸이 망가져 가는 어머니는, 내가 가게를 이어받아 직접 운영하길 원하시는 눈치였다. 어머니의 기대와 작가가 되고 싶은 꿈은 늘 혼자 마음속에서 38선을 그리며 냉전 상태를 만들었다. 난 이 마음을 누르고 오롯이 꿈을 위해서만 살 수 있을까? 아니면 돌아가서 다시 가게 일을 하게 될까? 먹고살기에 나쁜 일은 아닌데… 학교에서 전공했던 일을 살릴 순 없을까? 하지만 힘들게 얻은 기회 아닌가! 시작한다면 무엇부터 해야 할까? 난 어떤 작가가 되고 싶은가? 장르는? 정말로 난 작가가 될 수 있을까? 점점 고민이 깊어진다.

문득 뒤를 돌아보니 제법 해가 기울었다. 어색했던 여유와 정적은 어느새 목적을 향해 걷는 안도의 인도자가 돼 가고 있었다. 마지막 문장으로 '여행의 목적을 기억할 것'이라 적고 수첩을 덮었다. 덮인 수첩도 지는 석양도 오늘 하루도 아쉽지 않았다. 그리 늦지 않은 때 다시 펴게 될 것을 알기에. 돌아가는 길, 저무는 석양은 나를 영광의 길로 안내할 빛처럼 찬란하다. 주 하나님 지으신 모든 세계. 이곳에서도 여전히 신의 손길이 나를 보호하는 것 같다. 외면당한 불쌍한 나는 간데없고 다시금 여행의 설렘에 차분함이 차오른다.

두 번째

첫날은 혼자 잤다. 사실 2인실이어서 한 분 더 계셨는데 늦게 들어오셨는지, 자고 일어나서야 인사를 나눴다. 누구의 알람이었을까, 알람이 울려서 우린 동시에 깼다. 머리가 이상하게 뜬 데다 반쯤 처진 눈을 하고서는 서로 어색한 인사를 나눴다. "안녕히 주무… 아니 안녕하세요." 웃음이 나더라. 희민 형은 미국 군인이며 휴가를 내 여행을 왔다고 하셨다. 인상이 참 좋다. 함께 부스스한 얼굴로 대충 옷을 입고 아침을 먹으러 주방에 갔다. 친구끼리 여행 온 두 여성분이 계셨다. 이미 준비를 마치고 아침을 거의 다 드셨다(머리가 뜬 것이 신경이 쓰였지만 아무렴). 다음 일정에 한껏 기대를 하고 있는 모습이 새삼 즐거워 보인다. 식사를 하며 대충 인사를 하고 농담이나 한두 마디 주고받고 자리를 물렀다.

오늘은 두 번째 축구를 보는 날이다. 이 경기는 유럽에 와서 잡은 일정인데, 경기가 유럽에 있을 때 잡혔기 때문이다. 행운이었다. 바르셀로나 FC와 유벤투스 FC, 빅 클럽 간의 경기다. 이 경기가 마침 바르셀로나 홈구장인 캄프누에서 잡힌 것이다. 경기 일정이 발표 되자마자 표를 구입했다. 그때가 세비야에 있을 때였다. 현이도 축구를 좋아해서 내가 예매하는 것을 보고 경기를 볼까 말까 고민하다가 결국 떠나는 날 표를 구매했었고 오늘 함께 보기로 했다. 경기는 오후 늦은 시간에 시작한다. 그래서 점심은 따로 먹고 이른 오후에 만나 경기장에 미리 가기로 했다.

점심은 민박 근처에 큰 맥도날드가 있어서 꼭 가보고 싶었다. 뭔가 현지인의 느낌이랄까? 심드렁한 표정으로 주문하는 시크한 모습의 나를 상상하니 벌써 설렌다. 허세 부리기에 맥도날드만 한 것이 없겠다 싶었다. 매장 안에는 사람도 많고 줄도 참 길었다. 내 뒤에 길게 늘어선 줄을 보니 계획했던 심드렁한 표정은 고사하고 식은땀이 흘러서 누가 봐도 긴장한 여행객이다. 빅맥 세트를 시키는데 뭘 자꾸

물어보더라. 잘 알아듣지 못했다. 영어와 스페인어를 섞어가며 주문을 받으셨는데, 말도 빠르고 두 개 언어를 섞어서 말하니 무슨 말인지 도저히 못 알아듣겠더라. 허세 부리려고 왔는데, 모르는 척하기 싫어서 웃으며 "si(스페인어로 '그래, 알겠다'라는 뜻) si" 그랬다. 그런데 무슨 빅맥 세트가 한화로 만 오천 원이나 하다니, 물가가 비싼 건가 하고 넘겼다. 그러나… 세상에, 주문한 것을 받으러 갔는데 엄청 두꺼운 빅맥과 치킨너깃 몇 조각, 감자 스틱 한 봉지와 1.2L 콜라가 나왔다. 식은땀이 삐질삐질 났지만 대식가인 척, 원래 난 많이 먹는 척, 원래 이렇게 주문하려고 했던 척을 하며 태연하게 자리에서 끝까지 천천히 다 먹었다. 진짜 배불러 죽는 줄.

거북할 정도로 부른 배를 움켜잡고 현을 만나러 갔다(약속을 파투내서 현과 트러블이 있었던 것은 아니다. 내 안에서만 일었던 한순간의 파도와 다시 잠잠해진 마음이었다). 서로 시간도 비고 머무는 곳도 가까워서 정한 시간보다 일찍 만났다. 난 이미 바르셀로나에 온 첫날 유니폼을 구매해 놨었다. 그날 입고 갔는데, 현은 그런 날 보며 유니폼을 살까 말까 고민했다. 스타벅스에서 충분하게 고민을 한 뒤 근처 나이키 오피셜 스토어에서 유니폼을 구매했다. 가까스로 다른 옷을 구매하고 싶은 (나의) 충동을 억누르고 경기장으로 갔다. 가는 길에 유니폼(물론 유벤투스 유니폼도)을 입은 수많은 사람들을 보는데 벌써 흥이 오른다. 캄프누 역에 도착해서 5분 정도 더 걸었더니 세상 멋진 경기장이 나왔다.

캄프누

캄프누. 10만 명 조금 덜 되는 인원을 수용할 수 있는 바르셀로나의 홈구장이다. 레알 마드리드의 홈구장인 산티아고 베르나베우와 비교해보면, 베르나베우는 중세풍의 근엄하고 웅장한 느낌이고, 바르셀로나 구장은 세련된 반면 친근함이 느껴졌다. 경기장을 한 바퀴 돌며 감상을 하고 정면을 비롯해 온갖 방향으로 사진을 찍은 뒤 자리를 찾아갔다. 선수들은 미리 나와 연습을 열심히 했고 난 그 선수들 사진과 영상을 열심히 찍었다. 바르셀로나 FC는 내가 좋아하는 레알 마드리드 CF의 최대 라이벌 구단이지만, 흥분되는 이 마음은 어쩔 수가 없다. 역사상 가장 위대한 선수라 칭송받는 선수가 바로 메시(바르셀로나 소속)와 호날두(레알 마드리드 소속)다. 레알 마드리드 경기에선 호날두의 플레이를 그의 징계 때문에 보지 못한 아쉬움이 컸기에 메시는 꼭 봐야 했다. 그리고 아쉬운 마음에 답하듯 오늘의 메시는 최고였다. 운 좋게도 골 장면을 스마트폰 영상에 담을 수도 있었다. 경기가 끝나고 나서도 입꼬리는 내려올 줄 몰랐고 민박에 가는 내내 흥분한 마음은 쉽게 가라앉지 않더라. 이곳에서 축구를 보면 볼수록 유럽에 살면 좋겠다는 생각이 든다. 오롯이 축구 때문에! 민박에 돌아와서도 희민 형에게 축구 이야기를 얼마나 했던지, 이야기하던 중 이미 눈이 반쯤 감긴 형의 얼굴을 보고서야 자제할 수 있었다.

가우디의 가로등

세 번째

오늘은 투어가 예약돼 있었다. 투어 이름이 '가우디투어'다. 바르셀로나는 건축가 가우디의 도시로 유명하다. 그의 건축물이 바르셀로나 전역에 세워져 있다. 딱히 건축에 관심이 있는 것은 아니다. 바르셀로나에 7일이란 시간을 머물러 있을 것을 감안하면 이 투어가 (로마에서 그랬던 것처럼) 여행에 많은 도움을 줄 것 같았다. 모든 투어가 그렇진 않겠지만, 가우디투어처럼 바르셀로나 전역을 두루 돌아다니는 일정은, 투어를 한번 하면 이후에 혼자 여행을 하기 수월해진다. 교통편을 이용하는 것도 배우고, 도시에 대한 여러 정보도 얻을 수 있다. 또 내가 찾지 않으면 몰랐을 역사적 사실이나 스토리도 들을 수 있다. 투어 일정을 아주 기대하지 않은 것도 아니지만, 홀로 여행의 발판을 다진다는 의미가 컸다.

아침을 든든히 챙겨 먹고 모이기로 한 장소로 출발했다. 숙소에서 5분쯤 걸으니 조그마한 광장이 하나 나왔다. 높이가 낮은 건물들로 둘러싸인 광장이다. 가운데 분수를 두고 양 끝으로 가로등이 어색하게 놓여있었는데, 가로등 중간에 있는 작은 분수대가 투어의 집결지였다. 다름 아닌 그 가로등이 가우디가 디자인한 가로등이라더라. 사실 이날 투어에서 가우디와 그의 여러 건축물의 이름과 의미, 시간이 지남에 따라 변해가는 건축물의 양식 등 많은 것을 들었지만(당시에는 상당히 흥미로웠다) 돌아서니 기억나는 것은 구엘 공원과 사그라다 파밀리아 성당 정도다. 성당은 아직도 건축 중인데, 외적인 모양도 상당히 특이했고 내부도 아름다웠다. 그리고 역시나 만남은 이어졌다. 마드리드에서 즐거운 동행을 했던 우리들은 단체 채팅방을 만들어 여행 현황이나 정보, 소소한 농담을 주고받고 있었다. 마침 다솜과 미래는 나와 같은 날 가우디투어를 하고 있었고, 투어 하는 회사가 다를 뿐 행선지는 비슷했다. 구엘 공원에서 우린 마주쳤다. 다시 만난 그들은 여전했다. 젊은 혈기와 활력은 역시나 따라갈 길이 없어 웃기 바빴다. 참 좋을 때다 싶었다. 이들 덕분에 (포즈를 따라 하느라 참 어색하기도 하고 부끄럽기도 했지만) 사진도 많이 찍었다. 오래된 지인을 만나는 양 반가운 마음으로, 옛날(?) 마드리드에서의 추억을 회상하며 좋은 시간을 보냈다. 구엘 공원에서 잠깐 만나고 헤어진 뒤, 한두 가지 건축물을 더 보고 사그라다 파밀리아 성당에서 다시 만나(성당을 마지막으로 투어는 종료됐다) 조금 더 시간을 함께 보내다가 헤어졌다.

저녁 먹을 시간이 가까워질 즈음 민박에 도착했다. 나보다 먼저 도착해서 쉬고 계시던 희민 형이 이후 다른 일정이 없다면 함께 저녁을 먹으러 가자기에 민박집 앞 식당에 갔다. 그러고 보니 처음으로 먹은 빠에야였는데 맛있더라. 둘이서 엄청 먹었다. 밥을 먹으면서 이런저런 이야기를 하다 보니 또 재밌다. 축구 이야기로 시작해(오늘은 눈빛이 초롱초롱했다), 각자가 살아온 인생 이야기와 고민들까지. 서로 전혀 다른 삶을 살고 있었지만, 역시 고민 없는 인생은 없나 보다.

사람 사는 이야기가 좋은 건지 사람이 좋은 건지. 지난번 바다를 보며 사색의 매력과 여유에 빠져있던 마음이 무색하게, 투어에서 재회와 재밌는 이야기들로 가득한 저녁 식사는 여전히 즐거웠다.

학교를 졸업하고 일을 시작하고 나서부터 새롭게 누군가와 관계를 맺는 일이 드물어졌다. 한곳에 정착해 있는 시기였기에 새로운 만남은 거의 없었다. 일(을 하다 보니 마음)도 힘들어서 다른 곳에 신경 쓰기가 더 힘들었던 것 같다. 어쩔 수 없이 누군가와 어울려야 하는 상황이 더는 생기지 않았다. 자영업자에게 직장 동료는 늘 바뀌는 알바들과 고객들이다. 이 사람들은 정착하는 사람들이 아니기도 하고, 서비스업은 언제나 감정노동을 수반하기 때문에 그들과의 관계는 업무의 연장선에 놓여있다. 맺고 있던 관계도 점차 좁혀졌고, 반대로 이런 상황에서도 관계를 이어가는 사람들과는 그 관계가 더 깊어졌다. 깊어진 관계는 아주 소중했지만 그것과는 별개로, 자연스럽게 멀어지기엔 아쉬운 인연들이 너무 많았다. 이런 사람들을 놓치고 싶지 않아서 군 제대 후 꼭 하루에 한 명씩 전화를 걸어 안부를 묻고, 대화가 이어진다면 이런저런 이야기들로 제법 오랜 시간 통화를 하며 여러 사람들과 관계의 끈을 이어갔었다. 반년에 한 번, 빠르면 두세 달에 한 번 정도라지만 안부 전화는 관계를 이어가는 것에 많은 도움이 됐다. 그러나 어찌 다 내 마음과 같으랴. 내가 좋은 사람이 아니었던 건지, 그들의 삶이 바빴든지 간에 힘겹게 잡아 왔던 관계의 끈은 하나둘 끊어졌다. 혼자 잡는다고 되는 것이 아니더라. 억

람블라 거리 끝의 석양

지로 잡아 왔던 관계의 끈도 일을 시작하고 내가 바빠지면서 이내 끊어지고 말았다. 이때는 오히려 나와 관계를 이어가려고 노력하던 사람들마저도 신경 쓰기 어려워졌다.

이런 반복되고 고립된 인생에 이번 여행은, 특히 새로운 만남은 매력적일 수밖에 없었다. 그간 채울 수 없었던 감정의 갈증을 채워주는 적당한(어쩌면 넘치는) 활력소인 것이다. '사색을 통해 여유를 느끼는 것도 좋지만 이런 만남도 내게 필요한 여유였구나-' 싶다. 혼자 있을 때의 여유와 그로부터 오는 사색의 즐거움은, 자칫 지난 여행의 만남을 외면하고 무의미하다고 생각하게 할 수도 있었다. 만남의 즐거웠던 순간들이 의미를 찾아가는 것 같아 기분이 한결 좋다. 좋은 밤이다.

네 번째

늦잠을 잤다. 이젠 좀 익숙해졌나 보다. 투어나 약속, 다른 일정 혹은 일정이 없어도 늘 일찍 일어났었다. 일정 중엔 여유를 일부러도 부려 봤는데, 아침부터 침대에서 뒹굴뒹굴하며 늦잠을 잔 건 처음이다. 후유증이 전혀 없다고 생각했던 시차가 사실은 지금에서야 적응된 것인지, 아니면 정말로 긴장이 풀려버린 건지. 하여간 기약

시체스역에서 내리면 보이는
빨간 네온 시계

없이 침대에서 늦잠을 자며 뒹구는 여유는, 그곳이 어디든 늘 기분 좋은 일이다. 늦은 아침을 먹고 호스트분께 시체스에 가는 방법을 여쭤봤다. 기차로 40분 조금 더 걸리는 거리에 있었고 역까지 가는 시간을 다 해도 한 시간이면 충분했다. 가방에다가 이탈리아에서 산 비치타월과 선글라스, 수첩과 볼펜을 챙겨 기차역으로 갔다. 9월 중순이지만 바르셀로나의 더위와 습도는 바다에 뛰어들고 싶은 마음이 들 만큼 충분했다.

떠나는 기차 안, 시체스에 가까워질수록 바다도 그 형체를 뚜렷하게 드러냈다. 어릴 적, 크레파스로 바다를 파랗게 칠하던 그 색깔이다. 새파란 바다와 하늘색 하늘. 절벽 사이사이로 보이는 나무는 마치 그림을 보듯 했고, 아름다운 원색을 가지고 있었다. 도착하고 역을 나와 가장 먼저 마주한 것은 시계다. 상가 처마 아래 보이는 전자시계는 빨간 네온사인으로 시간과 도시의 이름을 표시하고 있었다. 딱히 구글 지도를 켤 필요가 없었다. 기차 안에서 바다의 방향을 이미 짐작하고 있었다. 곧장 보이는 골목을 따라 서스럼 없이 바다냄새가 나는 곳으로 걸어갔다.

핫도그가 유명한지, 가는 내내 아주 비싼, 그렇지만 정말로 햄과 소시지 말고는 다른 재료가 보이지 않은 핫도그를 파는 가게가 많았다. 생각보다 오래 걸었던 것 같다. 바다가 가까워져 오는지 비키니를 입은 사람(핫도그보다 훨씬 눈이 가더라)과 선글라스를 낀 사람들이

시체스

여러모로 여행 중
가장 뜨거웠던 순간

보이기 시작했다. 그리고 이내 바다와 해변이 보였다. 수평선과 중간 중간 수평선 사이로 섬들이 보인다. 부피를 줄이느라 가방에 구겨 넣었던 비치타월을 꺼내 한 번, 두 번 툭툭 털고는 접어서 손에 들고 해변가로 걸어갔다. 왼쪽은 해변의 끝인 듯한 절벽이 보였고 오른쪽으로 길게 늘어진 모래사장이 보였다. 사람들이 많이 보이는 한쪽 해변으로 내려가려다가 급하게 멈췄다. 시체스의 해변은 어려 의미로 혼란과 아름다움이 가득했다. 이곳은 누드비치였다. 선글라스가 어디 있더라….

유난히 빛이 밝은 그곳엔 남자만 있었다. 거의 대부분이 대머리였고 절반은 나체였다. 나는 본능적으로 따가운 시선과 반사광(?)을 피해 그곳을 빠르게 통과했다. 등대를 기준으로 구역이 나뉘는 듯했다. 두 번째 구역엔 대부분 노인들이었다. 마지막으로 도착한 세 번째 구역에서 땀인지 눈물인지 모를 수분을 비치타월로 한번 닦고서 비교적 한적한 곳에 타월을 깔았다. 한동안 사람 구경에 정신이 팔렸다(선글라스를 가져오지 않았다면 눈 둘 곳을 찾지 못해 땅만 보고 걸었으리라). 나체로 다니는 사람은 거의 없었다. 대부분 상체만 노출하고 있더라. 혼자 볼과 귀가 달아올라 눈 둘 곳을 찾느라 고생했지만, 몇 분간의 시간이 지나자 금방 익숙해졌다. 누드비치라서 사람들이 벗고 다니는 것이 아니라, 벗고 다니는 자유로운 분위기가 이곳을 누드비치라 불리게 하지 않았을까.

얼마 지나지 않아 시선은 자연스럽게 바다로 흘러갔다. 모래에 쓸리는 바닷소리가 들려오더라. 눈을 감고 있어도 바다가 보이는 듯하다. 바다에 반사된 햇빛은 스킨헤드에 반사된 빛보다 훨씬 자연스럽고 눈부시며 예뻤다. 타월 위에 엎드렸다. 가방에서 수첩을 꺼내 팔꿈치로 상체를 지탱하며 이곳의 아름다움을 서술하고 있으려니, 신선놀음이 따로 없다. 바람이 솔솔 불어온다. 곧 졸음이 몰려왔다. 이내 돌아서서 잠깐 눈을 감았는데, 깜빡 졸고 말았다. 햇볕이 따가워서 얼마 안 가 눈이 떠졌다. 태우려고 태운 건 아닌데 온몸이 빨갛게 익어버렸다. 오일이나 다른 크림을 바르지 않고 태워서 그런지 목과 등이 심히 따가웠다. 발목 위로 잠길 만큼 발을 담그며 바닷물에, 바람에 몸을 식혔다. 옷을 들고 왔더라면. 아니면 근처에 옷을 적당한 가격에 팔았더라면 바다에 뛰어들었을까? 그것보다 몸이 따갑다. 조금만 더 오래 익혔(?)더라면 화상을 심하게 입을 수도 있었겠다. 등대 근처엔 몸을 씻을 수 있도록 샤워기가 설치돼 있었다. 무료였고 버튼을 누르면 몇 초간 머리 위로 달려있는 호스에서 물이 나왔다. 수영을 하지 않아서 손발만 대충 적시고 등대 주위로 넓게 펼쳐진 방파제 위에 앉아 조금 더 여유를 즐겼다. 여러모로 참 아름다운 해변이었다. 다시 오지 않을 곳이겠지. 아쉬운 마음으로 떠나는 기차 안에서 바다가 사라질 때까지 창밖을 보고 있었다.

민박에 돌아와서는 샤워하면서 바닷바람에 찝찝했던 소금기를 완전히 씻어내고 침대에 누워 저녁엔 어디로 가볼까 고민했다. 혼자서 바르셀로나 구시가지 밤거리를 돌아다닐까 하다가, 호스트분이 거긴 정말로 위험하다고 하길래 투어를 알아봤다. 당일이지만 신청이 가능했다. 구시가지엔 영화 촬영 장소를 비롯해 여러 역사적 의미들을 담고 있는 건물과 장소가 많았다. 물론 당시엔 가이드분의 설명을 아주 열심히 경청했으나, 역시 돌아서니 잘 기억나진 않는다.

구시가지에서 벗어나 카탈루냐 음악당을 마지막으로 투어는 해산했다. 돌아가는 길은 혼자였다. 음악을 들으며 가는데 누군가 내 등을 쿡쿡 찔렀다. 이어폰을 빼고 뒤를 돌아보니 한국인 여성 두 분이 나를 보고 있었다. 이어폰을 꽂고 있어서 목소리를 듣지 못했는지, 불러도 대답이 없길래 찔렀다고 했다. 혹시 방향이 같다면 같이 가줄 수 있냐고 한다. 그러고 보니 이미 자정이 가까운 시간이었고, 돌아가는 길은(구시가지를 가로질러야 했기에) 충분히 어둡고 음침했다. 람블라스 거리의 밤 풍경과 바다를 보고 싶어 조금 돌아갈까 했지만, 소소하게 이야기를 나누며 돌아갔던 그 길도 나쁘지 않았다.

다섯 번째

세계 삼대 분수 중 하나가 바르셀로나에 있다. 아름다운 바르셀로나의 야경을 한눈에 볼 수 있는 벙커도 있다. 가 볼 만한 공원이나 근교의 다른 좋은 해변도 많다. 벌써 5일을 머무르고 있지만 느린 내 마음과 걸음 때문에 아직도 돌아보지 못한 곳이 많았다. 일정에 휘둘리지 않기 위해 애를 썼지만 '여기까지 왔는데…'라는 생각이 마음 한 켠에 남아 찝찝했다. 하지만 오늘도 발길이 닿는 곳으로 걷고 또 걸을 예정이었다. 관광지를 바쁘게 돌아다니며 스스로를 구속하는 것이 더 큰 죄책감이었으니까.

혼자 돌아다니는 것이 제법 익숙해졌다. 혼자였던 순간이 어색하고 부끄러웠던 것은 아니다. 처음 유럽에 왔을 때는 눈앞에 보이는 모든 것에 시선을 던지며 들뜨고 우왕좌왕 헤맸었다. 누가 봐도 여행 초보자의 모습이었는데 지금은 꽤 익숙하다(그래봐야 이제 1주 하고 조금의 시간이 더 흘렀을 뿐인데). 가방도 필요 없다. 현금 몇 푼과 스마트폰을 챙겼다. 스마트폰을 꺼내다가 돈이 흘러내릴까 봐 서로 다른 주머니에 돈과 스마트폰을 넣고, 손에는 볼펜이 억지로 끼워져 있는 수첩을 들었다. 걸어서 20분가량 가야 하는 공원을 목적지로 정하고 방향만 확인한 뒤 출발했다. 벤치가 나오면 앉아서 쉬어 가기도 하고, 걷다가 나오는 적당한 식당을 골라 끼니를 때웠다. 거스름돈으로 받은 짤랑거리는 동전이 영 거슬려 물도 한 병 샀다.

9월의 바르셀로나는 여전히 여름이었기 때문에 오랜 시간 걷기 위해선 수분과 중간중간 휴식이 필요했다. 마침 적당하게 바람도 불고 따가운 햇볕을 가려주는 나무가 있는 벤치를 찾았다. 벤치를 보자마자 쉬고 싶은 마음이 한가득 드는 것이, 생각보다 땀도 많이 나고 힘들었나 보다. 그래서 잠깐 벤치에 누워 한숨 자고 갈까 했지만 벤치 주위로 사방에 뿌려진 새똥을 발견했다. 벤치 끝에 엉덩이만 조금 걸터앉은 채로 온 하늘의 새들을 경계하느라 그다지 휴식을 취하지 못했다. 다른 쉴 곳을 찾아 조금 더 걸었다. 중간중간에 잔디가 있었고 큰 그늘을 가진 (단지 "출입 금지"라는 푯말만 없었다면 완벽했을) 잔디 한가운데의 나무도 있었다. 잠깐 쉬어 갈 땐 늘 수첩을 꺼내 무언가 적었다. 지금 읽어보면 무슨 헛소린가 싶지만, 그때의 감성이겠지 하며 지금에서는 그마저도 소중한 의미를 부여한다. 글의 내용보다, 수첩을 꺼내 글을 적는 과정과 글을 적으며 '이땐 참 여유로웠지…' 싶은 기억이 좋다. 벤치에 앉아 수첩을 꺼내 든 그때도, 회상하는 지금도 그 순간이 만족스럽다.

스페인은 해가 참 길다. 슬슬 지치고 지겨워서 민박으로 돌아가 체력을 보충하고 다음 계획을 짜려고 했다. 걸어왔을 때와는 다르게 버스나 지하철을 열심히 찾았다. 스마트폰을 열심히 보고 있는데 카톡방이 요란하다. 마드리드에서의 인연은 바르셀로나에서도 계속됐다. 정진을 제외한 모두가 바르셀로나에 도착해 열심히 재회 계획을 세우고 있더라. 당일에 약속을 잡아도 곧잘 만나는 이 사람들. 참 매력적이다. 늦은 오후에 만나 몬주익 분수에서 환상적인 분수쇼를 봤다. 사람이 많아 분수가 잘 보이는 자리를 잡기가 쉽지 않았다. 음악에 따라 물줄기의 형태와 색깔이 요란하게, 또는 잠잠하게 바뀌는 모습이 참 예쁘다. 분수로 오가는 길 곳곳에 울려 퍼지는 버스킹과 비보잉 댄스는 덤이다.

헤어지기 아쉬운 우리는 은형과 설화가 머무는 에어비앤비 숙소에서 함께 시간을 보내기로 했다. 가는 길에 마트에서 장을 봤고, 닭볶음탕을 직접 요리해 먹었다. 그들과 보내는 시간은 여전히 재밌었다. 그런데! 새벽 시간이라 신경 쓴다고 썼는데도 요란스러웠는지, 스페인 경찰이 주민신고를 받고 조사 나와서 식은땀을 흘려야 했다. 형님들이 나서서 경찰들과 이야기했는데, 뒤에서 보는 우리는 걱정스러운 마음으로 그들의 대화를 멀찍이 떨어져 숨어서(숙소 규정상 4명이 투숙 정원이었고, 그 인원을 초과하는 것은 불법이었다. 이후 3명이 각자의 숙소로 돌아갔으니 불법을 저지르진 않았다!) 지켜봤다. 다행히 경찰들은 돌아갔고 형님들은 비교적 평화로운 표정이었다. 형님들 말로는 호텔이나 숙소에서 이 시간에 신고가 이따금씩 들어온다고 했다. 새벽이었기에 우리 같은 관광객들이 많은가, 생각했는데 우리와 다르게 이 시간에 들어오는 신고는 대부분 섹스파티로 요란하고 난잡한 밤을 보내는 이들에 의한 소란이 대부분이라고 했다. 이후에 경찰들과 했던 대화는(바르셀로나 한복판에서 레알 마드리드의 유니폼을 입고 있던 형님들을 재밌게 바라봤다) 신고를 받아 출동했기에 시간을 때워야 했던 경찰과 형님들의 농담 정도였다고 한다. 다음 날 아침 은형과 설화가 나가는 길에 집주인과 마주쳐 한 소리를 들어야 했던 것만 제외하면 소소한 해프닝이었다.

다솜과 미래는 아침 비행기로 스페인을 떠나야 했다. 그들을 배웅하고자 제법 늦은 시간까지 도란도란 모여 앉아 대화를 나눴다. 새벽 4~5시쯤, 우린 그 시간까지 잠들지 않고 함께 기다려주는 의리를 과시했다. 그리고 아직 해가 뜨지 않은 이른 새벽, 택시를 태워 보내며 유럽에서의 마지막 인사를 나눴다. 나도 다솜과 미래를 배웅할 때 함께 나와 민박으로 돌아왔다. 사실 함께 바르셀로나 항구에서 일출을 보고 싶었다. 그러나 곯아떨어지기 직전인 그들에게 동행을 제안하는 것은 매우 부담스러운 일이었다.

여기서 항구까지 대략 2㎞, 걸어서 20~30분 정도 되는 거리다. 해가 뜨기 전에 항구에 도착하려면 제법 빠른 걸음으로 걸어야 했다. 그리고 굳이 그런 이유가 아니더라도, 시간 계산을 하기 전부터 이미 내 걸음은 아주아주 빨랐다. 여름이지만 밤공기는 음산하고 제법 쌀쌀했다. 지도를 보며 걷는 길은 골목이 많았고 길거리에 부랑자들도 심심찮게 보였다. 클럽 앞을 지나갔었는데, 입구에서 만취한 무리의 사람들이 꼬부라진 스페인어로 말을 걸어오기도 했다. 누군가 시비를 걸어왔을 때, 도망가는 것부터 맞서 싸우는 것까지 대응할 5,476가지 행동을 수없이 머릿속으로 시뮬레이션하며 요란한 심장을 부여잡고 걸었다.

항구에 다다를수록 마음은 안정을 찾아갔다. 이미 해가 떠버렸지만, 수평선과 가까운 해가 금빛으로 수놓은 바다는 눈부시게 아름다웠다. 너무 눈부신 나머지 육안으로 보기에 상당히 부담스럽더라. 바람도 생각보다 차갑고, 비린내도 심하다. 그랬다. 밤을 새워서 피곤한 몸뚱어리가 아름다운 새벽 감성을 받아들일 수 있는 시간은 몇 분 정도였다. 바다까지는 빠르게 걸어(거의 뛰어)왔지만, 민박까진 기어갔다.

여섯 번째

일어나 보니 점심이 조금 지난 시간이었다. 내가 묵었던 대부분의 민박은 11시 정도부터 두어 시간 청소를 하기 때문에 방을 비워 줘야 했다. 뭐, 민박에 머무는 사람이 다 관광객이니 말하지 않아도 다들 오전 중에 나간다. 나도 그들 중 하나인 것. 그래서 내일의 일정을 위해 알람을 맞춰 놓고 잤는데 아무도 깨우지 않더라. 피곤함에 절어 거실 겸 주방에 있는 탁자에 턱하고 앉았다. 호스트분이 일어났냐며 아침 식사는 이미 정리해서 없고, 식빵과 잼, 컵라면이 있으니 먹으라며 주셨다. 커피를 한잔 내려와서는 멍하니 빵에 잼을 바르는 내 옆에 같이 앉아 말동무가 돼 주셨다. 그러고 보면 마드리드에서 묵었던 민박집 사장님 아들인 지훈이를 제외하면 호스트분과 이야기하는 것은 처음이었다. 소소하게 이런저런 말을 주고받는데 제법 죽이 잘 맞는 것이 재밌다. 다양한 투숙객들에 대해 이야기할 때는 가게를 보며 겪었던 수많은 손님들이 생각났다. 도란도란 재밌다. 덕분에 유쾌한 식사를 했다.

사실 오늘은 일정이랄 것도 없는 것이, 준비된 것 없는 출발을 할 예정이었다. 그래서 늦게 일어났는지도. 천천히 가 보지 못한 시내의 어떤 거리를 걷다가 벙커에 가서 야경을 보려는 계획이다. 그래서 늦장을 피우고 있는데 갑자기 저녁 약속이 생겼다. 어제 만났던 일행 중, 다솜과 미래가 빠진 멤버로 구시가지 구경을 가기로 했다. 내가 이미 한번 다녀왔기 때문에 가이드 노릇을 하기로 했다. 물론 내일이면 바르셀로나를 떠나야 하기에 벙커를 가지 못하는 것이 많이 아쉽긴 했다. 그래도 구시가지 투어를 하면서 정말 좋았었기 때문에 혼자서 다시 와 봐야겠다고 생각했었다. 구시가지는 정말로 부랑자들이 많아서, 혼자서는 무조건 위험한 곳이다. 실제로 투어를 하던 중에 부랑자를 많이 보았고, 그들이 무리가 아닌 혼자나 둘이서 다니는 여행객들에게 시비 거는 모습을 봤었다. 가고는 싶은데 위험을 무릅쓰고 가야 하나 하던 참이었다. 그래서 이 일정도 나쁘지 않았다. 마침 일행이 생긴 것이다. 자유로운 결정이었다.

가우디투어의 집결지였던 조그마한 광장에서 만나 가우디의 가로등을 시작으로 잔잔하니 내 걸음을 따라 충분히 분위기를 곱씹으며 돌아다녔다(길치인 내가 완벽히 타지인 곳에서 길 안내를 하는 역사적인 순간이다!). 역사적 사실이나 의미들이 기억에 남았던 건물들을 설명해 주

구시가지의 어떤 골목

기도 하고, 길이 잘 기억나지 않을 때면 주변에 있던 투어 무리를 따라 걸으며 설명을 훔쳐 듣기도 했다. 산뜻한 산책 겸 구시가지 투어를 끝내고 출출해진 우리는 타파스를 먹으러 갔다. 유명한 타파스 집이었는데, 1호점은 만석이어서 2호점으로 갔다. 회전 초밥처럼(컨베이어 벨트 위로 메뉴가 이리저리 돌아다니지는 않았다) 메뉴가 비워진 곳을 즉석에서 채워주었고, 손님들은 마음에 드는 메뉴를 가져와 먹었다. 타파스에 꽂힌 기다란 꼬치의 색깔로 가격을 구분했고, 후불이었다. 맛은 그냥 그랬다. 좋은 사람들과 함께 먹어서 즐거웠고 현지인들이 많았으며, 옆에서 소매치기를 걱정해주는 외국인 할머니가 있어서 좋았다. 게다가 스페인에서 보내는 마지막 밤이라고 생각하니 뭔가 짠하더라. 이탈리아에서는 모든 것이 처음인지라 행동과 감정에 서툴러 있었다면, 스페인(특히 바르셀로나)에서는 모든 면에서 한결 여유로웠다. 조금 더 차분히 내 감정과 여유로운 시간들에 집중할 수 있었다. 다음 일정은 조금 더 스스로에게 솔직하고 여유로운 여행이 되지 않을까 기대가 된다. 아쉬움은 기대의 다른 이름인 것이다.

런던

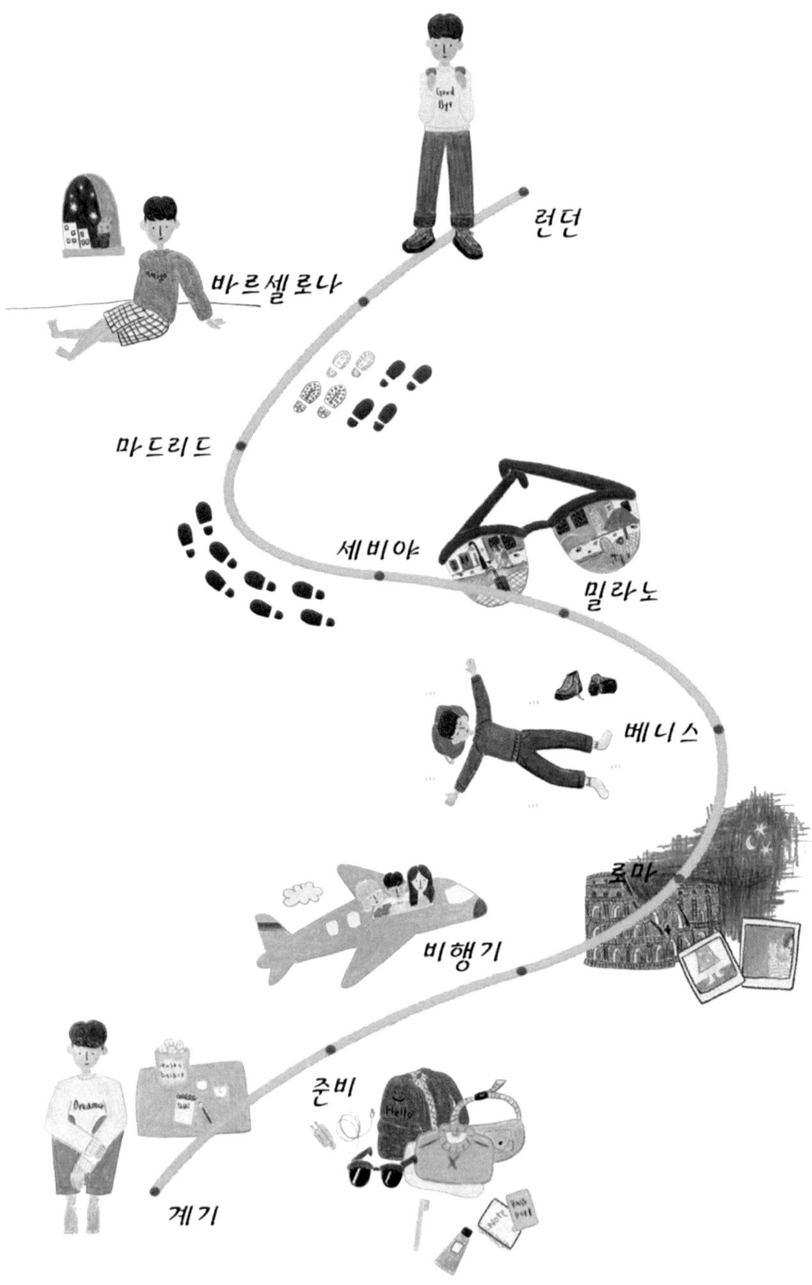
런던
바르셀로나
마드리드
세비야
밀라노
베니스
로마
비행기
준비
계기

첫 번째

새벽같이 일어나 전날 싸 둔 가방을 메고 정류장으로 나섰다. 지난밤 호스트분과 한 여성분이 이야기를 나누고 계셨는데, 다음날 일찍 공항으로 가는 방법에 대한 이야기였다. 그렇지 않아도 물어보려던 참이었는데 정보와 일행이 동시에 생겼다. 이제는 익숙해진, 움직이지 않는 구글 지도를 따라 정류장에 도착했다. 버스 번호도 정확히 확인했고 기사분에게 공항으로 가는 버스가 맞는지 재차 확인도 했다. 가는 길에 이런저런 이야기도 하면서 심심하지 않게 가겠구나 생각했지만 우리는 버스에 오르자마자 곯아떨어졌다. 결국 공항에 도착해서는 조급한 마음에 이름도 물어보지 못한 채 서둘러 작별 인사를 하고 서로 갈 길을 갔다.

비행기는 참 작았다. 어릴 적 가지고 놀던 장난감 비행기의 외형을 닮은 것 같기도. 좌석도 오밀조밀한 것이, 뜨기는 뜨는 걸까 싶었다. 바람이라도 불면 뒤집힐 것 같았고, 지나가던 새와 부딪히면 구멍이 뚫릴 것만 같았다. 걱정했던 대로 착륙과 이륙 때 비행기가 심하게 흔들렸다. 그리고 예상했던 대로 성공적인 이륙과 착륙에 대한 안도와 감사의 박수를 모두가 함께 쳤다(다행히 우리 앞을 막아서는 어리석은 새는 없었다). 이런 겸손한 사람들.

히드로 공항에 도착해서 버스와 지하철을 타고 킹스크로스역까

공사 중인 빅 벤

지, 그리고 다시 숙소까지 걸어가는 동안 본 런던은 영국을 생각하며 상상했던 분위기를 그대로 풍기고 있었다. 지하철은 정말로 지하에 뚫어 놓은 커다란 관 같았다. 해리포터에 나오는 바실리스크의 이동 통로였던 호그와트의 배수로처럼. 조금은 퀴퀴하고, 또 조금은 눅눅했지만 좋은 말로 하면, 클래식한 분위기가 났다고 할 수도 있겠다. 빈티지하지만 나름의 세련미를 가진 유럽 도시의 모습. 하늘도 그렇다. 연중 내내 비가 내리는 이곳의 하늘은 우중충했다. 비가 내려도 우산을 잘 쓰지 않는다던데, 그 풍경도 보고 싶다. 그러고 보니 비가 내리길 기다리는 마음도 참 오랜만이다. 가는 빗줄기가 손등에 떨어지면 코트의 깃을 세우고 조금 더 빠르게 걸어가는 모습이랄까? 그들 틈에 섞여 후드를 뒤집어쓰고 걸어보고 싶다.

우중충한 분위기와 다르게 도시는 전체적으로 깔끔했다. 민박으로 가는 길은 어렵지 않았다. (이쯤 되면 유럽에서 얻은 가장 큰 수확은 길치인 내가 길을 찾을 수 있는 사람이 된 것일 수도) 눈에 띄는 파란색 쪽문을 가진 민박을 그냥 지나칠 리 없었다. 민박은 나무로 된 집이었다. 층과 층 사이의 계단은 옥탑에 올라가는 것처럼 가팔랐다. 가장 꼭대기에 있는 2인실인 내 방은 영화에서나 볼 법한 오두막집 속 다락방 같은 느낌이었다. 삐걱대는 계단도, 건물 가장 아래층 보일러실처럼 보이는 방에서 힘차게 돌아가는 세탁기도. 전체적인 분위기가 썩 마음에 든다. 호스트분의 집 사용 설명에 따라 전체적으로 한번 둘러보고, 한국에서 미리 예매하고 런던 민박으로 발송해 두었던 축구 경기 티켓의 행방을 물어봤다. 다행히 잘 보관하고 계셨다. 조심스럽게 우편을 뜯어 백지수표라도 되는 듯, 경의를 담아 외관을 관찰한 뒤 조심스럽게 가방에 넣어두었다. 스페인에서 축구를 볼 때는 스마트폰에 전자 티켓을 받았었다. 그래서 그런지 클래식한 종이 티켓이 참 멋스러워 보였다. 남은 주의사항을 마저 듣고 방으로 올라갔다. 짐을 풀고 빨래를 세탁기 옆에 내려놓은 뒤(저녁마다 시간이 되면 빨래를 한꺼번에 돌린다더라) 곧바로 외출 준비를 했다.

런던에선 두 경기를 예매해 놓았다. 첼시와 아스널, 토트넘과 스완지 시티다. 이 중 스완지 시티를 제외한 세 팀이 런던을 연고로 한 유명한 팀이다. 특히 토트넘은 대한민국 국가대표 손흥민 선수가 뛰는 팀이며, 마침 상대 팀인 스완지 시티는 대한민국 축구 국가대표 주장 기성용 선수가 몸담고 있는 팀이다. 런던만큼 축구팀이 많은 도시가 있을까? 게다가 하나같이 유명한 팀들이고 구장 규모도 커서 경기장 투어를 빼먹을 수 없었다. 그중 가장 먼저 갈 곳이 아스널 FC의 홈구장인 에미레이츠 스타디움이다. 첼시와 아스널의 경기는 첼시의 홈구장에서 하기 때문에 따로 시간을 내서 왔다. 게다가 날씨도 좋고 적당히 혼자서 산책이나 하면 좋지 않을까? 역 이름도 어렵지 않게 아스널 역이다. 외관은 아주 훌륭했다. 그리고 우리나라 경기장과는 달리 경기장 주변으로 주택가가 펼쳐져 있었다. 뭐랄까… 집 근처 중학교 운동장 같다. 근처가 주택가라 그런지 산책하기도 좋았다. 물론 중학교 운동장에 비해 규모가 아주 많이 컸다.

천천히 외관을 둘러보며 한 바퀴 돌고 나서, 주위에 있는 사람에게 사진 몇 장 부탁하고 구장 내에 있는 오피셜 스토어에 갔다. 이것 참… 그저 선수들 이름이 새겨진 유니폼과 구단 엠블럼이 박혀있는 각종 액세서리들을 봤을 뿐인데 팬이 될 것만 같다. 내가 여태 들린 모든 구장이 그랬다. 물론 진짜 팬이 되진 않았지만, 왜 영국 사람들이 축구에 자부심을 가지고 있고 또 자신이 따르는 팀에 열광하며 희로애락을 팀과 함께 느끼는지, 이런 난편적인 분위기와 소소한 감동만으로도 충분히 알 수 있었다. 감상에 충분히 젖어 있었지만 충동구매를 하지는 않았다. 다른 구장에서 그랬던 것처럼 가까스로 충동을 억누르고 열쇠고리만 하나 샀다. 마드리드에서부터 구단별로 하나씩 사서 친구들에게 기념품으로 줄 생각이다.

경기장을 한 바퀴 더 돌고 주택가를 서성이다 민박으로 돌아왔다. 민박은 킹스크로스역에서 도보로 약 10분이 조금 덜 걸리는 거리에 있다. 그러고 보니 이 역은 책 그리고 영화로 제작된 해리포터에 자주 등장하는 역이다. 이곳저곳을 둘러보다가 영화에 등장하는 9와 3/4 승강장도 찾았다. 아주 쉽게 찾을 수 있었다. 사람들이 기념사진을 찍기 위해 기다란 줄을 만들고 있었기 때문이다. 처음 도착했을 때도 느꼈지만, 전체적으로 런던은 클래식하고 모던한 느낌이 아주 매력적으로 느껴지는 도시다. 역의 외관을 보고 있노라면, 금방이라도 역에서 빵 모자를 쓰고 캐주얼한 양복에 깔끔한 코트를 걸친 셜록 홈스가 바쁜 걸음으로 나와 택시를 부를 것만 같다.

열쇠고리

에미레이츠 스타디움

민박으로 돌아오니 제법 사람들이 모여 있었다. 민박 사람들끼리 관광을 다녀온 듯하다. 이 민박은 여태 묵었던 다른 민박과 다르게 조리가 가능했다. 재료는 냉장고에 있는데, 직접 조리해 먹으면 됐다. 그래서 모인 사람들끼리 야식을 먹었다. 소소하게 몇 가지 반찬을 준비했고, 민박집 바로 앞 마트에서 맥주를 샀다. 꽤나 늦게까지 수다를 떨었다. 대학생이 신학기를 맞아 도시의 하숙집에 머물러 이야기하듯(실제로 유학생도 있었다) 소소하고 여유롭다. 괜찮은 밤이다.

두 번째

토트넘 핫스퍼는 홈구장을 새로 건설하는 중이었다. 그래서 국가 소유의 웸블리 스타디움에서 경기가 치러졌다. 완공될 때까지 대여를 한 것. 두 시간쯤 일찍 도착해 오피셜 스토어를 둘러봤다. 손흥민 선수의 유니폼을 하나 사서 그 자리에서 입고, 열쇠고리를 하나 산 뒤 경기장으로 갔다. 경기 시작 전에 선수들이 훈련하는 장면을 구경하고 선수들이 라커룸으로 들어갈 때 자리에 가서 앉았다. 앉고 보니 분위기가 영 심상치 않다. 바로 옆 좌석에는 토트넘의 혈기 왕성한 젊은 팬이 앉아있었고, 얼마 떨어지지 않은 곳(불과 2~3m 떨어져 있다)에 원정 팬 좌석이 있었다. 단지 폭이 조금 넓은 천이 홈 팬과 원정 팬 좌석을 나누고 있을 뿐이었다. 그들은 정말 경기 내내 싸웠

웸블리 스타디움

다. 진짜 내내 싸웠다. 내 옆에 앉은 사람이 응원을 주도했는데, 어찌나 목청이 크던지 덕분에 응원가 몇 가지를 아주 수월하게 익혔다. 정말이지 그 사람, 오늘 토트넘이 경기에서 이겼다면 경기장을 나갈 때 원정 팬들과 분명 시비가 붙었을 것이다. 경기 중에 원정 팬들은 당장이라도 좌석을 가르고 있는 천을 뛰어넘어 주먹을 날릴 것만 같은 표정을 짓고 있었다. 사실 나도 덩달아 신나서 적지 않게 자극을 주어서 나가는 길에 뒤통수가 따끔거려 혼났다.

아쉽게도 손흥민 선수는 골을 넣지 못했다. 후반전엔 교체 아웃됐고, 상대 팀에 있던 기성용 선수는 선발 출전도, 교체 출전도 하지 못했다. 경기도 보고 응원도 재밌게 해서 만족스러웠지만(전반전 종료 이후 쉬는 시간에 먹었던 치킨 앤 칩스는 정말이지 환상적이었다) 아쉬움이 남는 경기다.

경기장 밖을 나서는 사람들의 모습은 금요일 저녁의 강남역 10번 출구처럼, 또는 좀비 영화에서 대규모의 좀비 떼처럼 바글 바글거렸다. 경기 시간도 오전이라 해는 여전히 하늘 높이 떠 있었다. 그렇게 더운 날씨가 아니었지만 덥고 불쾌했다. 그래서 바로 지하철을 타지 않고 도중에 무리에서 이탈해 상가가 밀집해 있는 곳으로 갔다. 마침 여행 전, 웸블리 스타디움 근처에 세계 최대 규모의 나이키 매장이 있다는 정보를 들었었다. 친구가 여행 계획을 짤 때 꼭 가보라고 아주아주 강력하게 추천해준 것이 기억났다. 그렇게 크다는데 왜 내

눈에는 안 보이는지… 상가를 한 바퀴 다 돌고서 찾을 수 있었다. 열심히 구경을 하고, 축구화도 이것저것 신어보고, 옷도 이것저것 걸쳐보다가 결국 아울렛으로 가서 까만색 후드 집업 하나를 아주 싼 가격에 샀다. 스페인과는 달리 영국은 여름임에도 날이 저무는 늦은 오후가 되니 제법 차가운 바람이 불었다. 얇은 긴 소매 하나만 가지고는 아침저녁으로 부는 찬 바람을 견디기 어려웠다. 그래서 고르고 고르다가 아주 무난한 후드 집업을 선택했다. 짐이 생기는 것이 거추장스러워 그 자리에서 바로 입었다.

한참을 구경하다 보니 배가 고팠다. 오후에는 뭘 할까 고민하다가 같이 방을 쓰는 힘찬 형이 포토벨로 로드마켓을 추천해 준 것이 생각났다. 게다가 생각보다 가까운 곳에 있었다. 사실 멀어도 크게 상관없었지만 가까우니 기분 좋더라. 포토벨로 로드마켓은 우리나라로 치면 남포동 먹거리 골목 같은 곳(?)이라고 설명을 해 주셨다. 그런데 막상 가 보니 그런 분위기는 아니었다. 너무 휑해서 길을 잘못 들렀나 생각했지만 구글 지도는 내가 서 있는 거리 이름을 정확히 포토벨로 로드마켓으로 표기하고 있었다. 군것질할 생각에 배가 살짝 고파오면서 기대도 되고 그랬는데, 실망이다. 그리 크지 않은, 아주 가벼운 실망감이긴 했지만 실망은 실망이다(땀도 조금 흘렸단 말이다). 사실 내가 갔을 때는 평일이기도 했고 해가 밝을 때라 그런지 포장마차들이 대부분 영업 전이었다. 북적거리고 시끌시끌한 분위기를 기대하긴 어려운 시간과 시기다. 그럼에도 이 거리를 나는 자꾸

포토벨로 로드의 한 피자가게

노팅힐 어딘가

서성였다. 어디서 왔는지 모를, 내 두 볼을 스리슬쩍 스치는 바람처럼 여기저기 정처 없이 걸었다. 어디에서 우러나오는 기대감일까, 조금만 더 걸어보고 싶었다. 포장마차와 상가를 지나니 학교가 나타났다. 학교에서(초등학교인지 중학교인지 그즈음 되는) 아이들의 깔깔거리는 목소리가 들렸다. 학교를 지나 조금 더 걸으니 주택가가 나왔다. 지도엔 노팅힐이라고 적혀 있었다. 영화 <인턴>에 나오는 여주인공 줄스 오스틴이 사는 동네처럼 평화로운 주택가였다. 그 분위기가 난 왜 그렇게 멋스럽게 느껴졌을까. 어떤 환상적인 풍경이나 시선을 사로잡는 건물, 또는 그런 무언가가 있던 것은 아니다. 그냥 그런 분위기가 있다. 머무르고 싶고 가만히 그 평온한 풍경을 보고 있노라면 내가 그 풍경 속의 일부가 될 것만 같은 분위기. 나에게 그런 장소는 우리 집 부엌 식탁, 창고 방의 낡은 소파, 그리고 바다와 바다의 소리가 그랬다. 이곳을 걷는 마음이 그때와 같은 감정을 느끼고 있었다. 나는 그곳에서 이방인이 아니었다. 어느 때보다 떠나는 걸음이 쉽게 떨어지지 않았던 동네다.

세 번째

오늘도 축구를 본다. 짝사랑하는 사람과의 약속에 나가는 것과 같은 긴장과 설렘, 두근거림이다. 이것이 일상인 사람들은 도대체 얼

스탬퍼드 브리지

마나 행복한 사람들이란 말인가? 런던에 사는 사람들의 일상이 부러웠다. 잠시나마 그들의 일부가 되어 살 수 있는 요 며칠이 참 즐겁고 아쉽기도 하다. 가방 속에 티켓을 확인하고 경기장으로 출발했다. 경기장의 위치에 대한 어떤 정보도 없었지만 길을 물어가는 그 과정마저도 즐거웠다. 영국 축구는 춘추전국시대와 비교되는데, 상위권 6개 정도의 팀이 항상 우승 후보일 만큼 막상막하의 실력을 갖추고 있어서 그렇다. 오늘 보는 경기가 그 상위권 팀 중 두 팀의 경기다. 다른 말로 하자면, 강팀인 만큼 유명한 선수가 많다는 이야기다. 그래서 이번 경기는 경기 자체를 즐기기보다 선수들을 가까이 볼 수 있는 곳의 좌석을 예매했었다. 경기 시작시간 세 시간 정도 전에 경기장에 도착했다. 역시나 오피셜 스토어에 들려 첼시 FC의 에이스인 아자르 선수의 유니폼(경기를 본 4팀의 유니폼을 구매했는데, 사고 보니 스타 플레이어를 상징하는 7번이 2개, 팀의 에이스를 상징하는 10번이 2개다)과 팀 로고로 만든 열쇠고리를 샀다.

경기장에 미리 들어가 선수들이 몸을 풀기 위해 나오는 순간부터 들어가는 순간까지 제일 앞으로 나가 영상도 찍고 사진도 찍었다. 정말 가까이, 바로 앞에서 TV로만 보던 선수들이 몸을 풀고 공을 차고 있으니 눈이 돌아갈 지경이었다. 사실 몸 푸는 것 정도는 다른 경기에서도 가까이서 봤었지만, 오늘이 더 특별한 것은 몸풀기가 아닌 실제 플레이를 눈앞에서 봤기 때문이다. 경기 자체도 굉장히 재밌는 경기였지만, 슛이 골키퍼를 지나쳐 골대를 맞추며 탄식하던 소리, 몸

싸움을 하며 심판에게 항의하는 선수들의 외침, 멋진 슛을 때리고는 관중석을 향해 포효하는 것까지 생생하게 느낄 수 있었다. 원정 팬들의 좌석과 상당히 떨어져서 경기를 관람한 것까지 정말 완벽한 경기였다.

저녁은 민박에 같이 머무는 연정, 건이와 약속이 있었다. 런던에서 첫 동행이다. 경기 후에 시간이 떠서 더 일찍 그들과 합류했다. 유럽은 성당이 많고, 성당에는 미사를 보기 위한 관광객이 끊임없었다. 우리도 그들 중 일부가 되어 미사를 구경했다. 분위기는 생각보다 진중했고, 생각보다 재미없었다. 하긴, 그들에겐 무엇보다 진지하고 경건한 신앙 행위일 텐데 볼거리를 기대했던 마음에 조금 미안하기도 했다. 미사 도중에 나와서 시내를 돌아다녔다. 그냥 이곳저곳. 외국에선 구글 지도가 최고라던데, 왜 그런지 알았다. 우리나라의 네이버나 각종 애플리케이션처럼 교통수단의 이용 방법과 시간 계산이 생각보다 정확하고 유용했다. 런던을 정말이지 하나도 모르고 GPS도 고장 나서 걱정했는데 덕분에 어렵지 않게 런던을 돌아다닐 수 있었다.

저녁을 먹고 민박에서 잠깐 쉬다가 야경을 보기로 했다. 다 같이 보기로 했는데(5명 정도였나?), 다들 갑작스러운 일정이 생겨서 나중에 저녁 늦게 맥주나 한잔하기로 하고, 다른 약속이 갑작스럽게 생기지 않았던 연정이와 둘이 마실이나 다녀오자고 나갔다. 저기 멀리 보이는 런던아이는 참 빨갛더라. 내일은 시간 맞춰 가서 타볼까 싶다. 타워브리지도 멀리서 보는데 참 예쁘다. 템스강을 따라 타워브리지 한쪽 끝에 도착해, 다른 한쪽 끝으로 다리를 건너기도 했다. 걷다가 보였던 군함도 참 웅장하니 멋스러웠다.

런던은 그런 맛이 있다. 관광지에서 그 지역의 특색 있고 유서 깊은 어떤 장소나 건물을 관광하는 느낌이 아니다. 촌놈이 상경해 처음 도시에 사는 것처럼 새롭고 신기하지만 아늑한. 음… 세련된 아늑함이랄까? 여행 막바지라 그래도 나름 적응을 해서 그런 것일까? 알 수 없다. 어찌 됐건 좋은 도시다. 야경을 보며 나눴던 대화도 좋았다. 서로가 서로의 삶을 참 신기하게 생각했다. 자영업을 했고 전공이 많이 바뀌었으며 끝에는 글을 쓰기 위한 도전을 하고 있는 나의 삶. 태권도학과에서 운동과 공부를 하며 그에 관한 다양한 진로를 고민하고 있는 연정. 사실 말은 대부분 내가 하고 연정은 많이 들어줬다. 나는 그다지 특별할 것 없는 삶을 살아왔다고 생각했는데 연정이 듣기엔 내 삶이 스펙터클하고 굴곡 있어 듣기에 썩 재밌는 인생이었나 보다. 그런 리액션에 나는 또 신나서 이야기를 했다. 지나서 생각해보면 너무 내 이야기만 했나 싶어 미안하기도 하고, 연정의 이야기를 많이 듣지 못해 아쉽기도 했다. 태권도학과를 진학해, 관련 진로를 고민하는 연정의 삶도 나에겐 처음 접해보는 분야여서 큰 도전이라 느껴졌다. 그리고 연정이 보기에는 내 도전이 여태 쌓아온 스펙을 포기해야 하는 결단이 필요한 것일 테다. 결정한 진로를 꾸

준하게 걸어가는 것도, 과감하게 포기하는 것도 모두 다 용기가 필요한 의미 있는 도전이다. 둘 다 확신이 없는 도전에 꾸준한 열정과 인내를 보태는 것이니 말이다.

네 번째

오늘은 런던 시내를 돌아다니기로 했다. 다른 여행객들은 각자 다른 도시로 떠났고 유학생이던 분은 학기가 시작돼서 바빴다. 결국 남은 건 건이와 연정. 사실 이번 민박에서 대화를 깊게 할 수 있었던 사람은 이 둘뿐이었다. 이 친구들과 함께 여기저기 돌아다녔다. 리젠트 스트리트는 다시 한번 '내가 진짜 유럽 여행을 하고 있구나' 생각을 가지게 해 주었다. 이 거리는 참 영국답다. 세련된 도시의 중심과 같다. 장난감 백화점도 들렀는데, 진짜 행복했다. 지하부터 총 7개의 층으로 나뉘어 드론, 피겨, 퍼즐 등 장난감들이 화려하게 전시돼 있는 곳이었다. 가격도 썩 괜찮아서 살까 말까 엄청 고민했었다. 단지 배낭 하나만 메고 여행을 왔기 때문에 도저히 장난감을 담을 공간이 떠오르지 않았을 뿐이다. 이 여행은 런던이 마지막이니, 캐리어를 하나 사서 좀 여유롭게 이것저것 기념품도 사서 담아 갈까 생각도 했다. 돌아가는 비행기는 추가 비용을 내지 않아도 기본적으로 수화물을 하나 실을 수 있어서 장난감을 구경하는 내내 고민했다. 결론적으로 장난감을 사진 않았다. 분명 어딘가 처박아 두다가 기억을 회상하는 도구 정도 역할을 수행하겠지. 그런 역할을 할 수 있는 것은 이미 많았다.

런던은 길거리, 또는 집 근처 식당에 고민 없이 들어가는 일이 없었다. 이탈리아나 스페인의 도시들은 어디를 들어가도 맛있을 것이라는 기대가 있었는데 런던은 그렇지 않았다. 하긴, 베니스나 바르셀로나와 같은 관광이 특화된 도시의 식당과 런던을 비교하기에는 조금 무리가 있다. 거리엔 브런치 가게들이 참 많더라. 그 가게들을 지나쳐 우리가 간 곳은 차이나타운! 세계에서 가장 큰 차이나타운이 런던에 있었다. 급하게 SNS에서 찾은 적당한 식당에 들어가 적당한 가격의 적당하게 먹을 만한 중국요리를 먹었다(정말이지 음식만 맛있다면 런던은 최고였을 텐데).

밥을 먹고 건이는 여기저기 처리해야 할 일들이 많아서 들를 곳이 있다고 나중에 민박에서 만나기로 했다. 그러고 보면 여행 와서 저렇게 바쁜가 싶은 아이다. 연정이와는 전날 민박에서 영국의 옛날 국회의사당을 관람할 수 있는 티켓을 무료로 받았었다. 돈을 주고 봤더라면 후회했을 뻔한(그렇지만 공짜라 그냥저냥 재밌는) 오래돼 보이는 성이었다. 장난감 병정처럼 레고 캐릭터를 닮은 수비대가 국회의사당 안을 돌아다니고 있었다. 일정한 시간이 되면 절도 있는 움직임으로 파수병이 성문 앞을 왕복하는 퍼포먼스도 했다. 북한군의 0.1

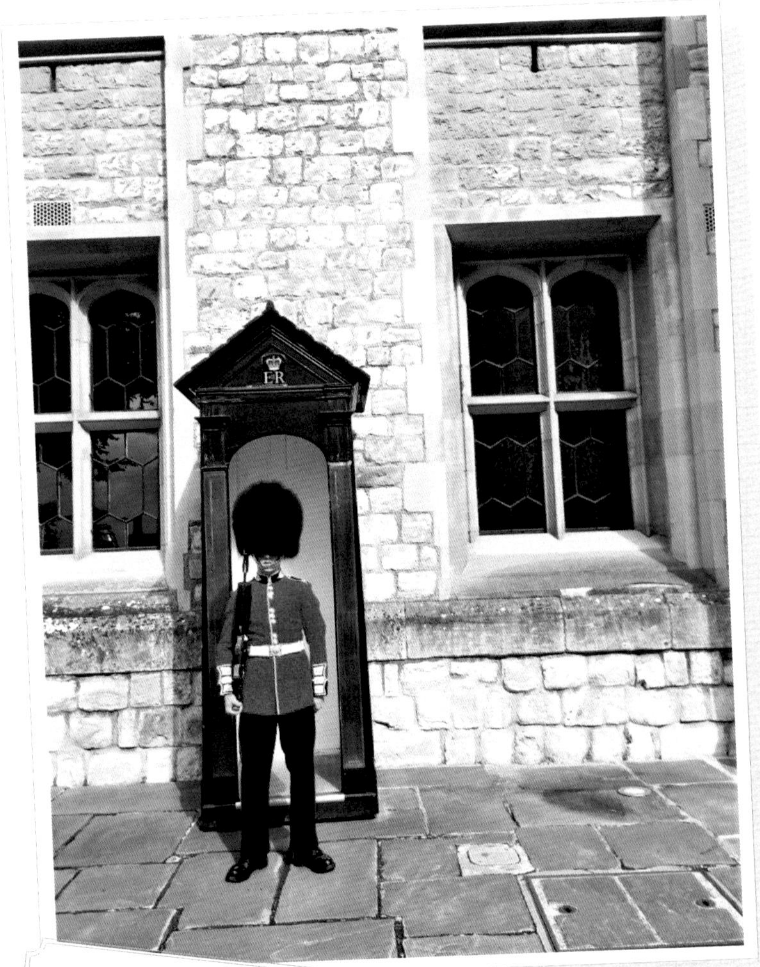

레고 같은 수비대

의 오차도 없는 행진의 모습과 우리나라 아이돌들의 칼군무가 떠오르는 건 왜일까? 이곳의 병정(?)들은 입은 옷도 그렇고 썩 괜찮은 퍼포먼스였는데도 움직이는 모습이 영 허술하게 보였다. 옛날 기사들이 입었던 갑옷과 투구 같은 것들도 전시돼 있었다. 다른 영국의 역사에 대한 사실이나 기록들을 영상으로 보여주기도 했다. 하지만 가장 눈에 띄고 좋았던 것은 성벽 위를 오가며 보았던 템스강과 그 사이를 가르는 타워브리지였다.

날이 저물어간다. 연정은 오늘이 이 민박에서 마지막 날이었다. 남은 일정은 영국 현지인의 집에서 지낸다고 했다. 게스트하우스 같은 시스템이었는데 들어보니 참 재밌겠더라. 주변의 다른 가정과 주말에 함께 홈 파티도 하고, 잠깐이지만 현지인처럼 살 수 있는 좋은 (또는 현지인의 생활을 간접적으로) 경험을 할 수 있을 것 같았다. 주인이나 그 가족과 무슨 대화를 그렇게 하겠냐 만은, 그래도 하게 된다면 그들의 정서나 나와의 다름을 통해 다양함을 느낄 수 있을 텐데 말이다. 그리고 아마도 부러운 마음이 드는 결정적인 이유는 내가 한인 민박에만 머물러서 그렇다. 물론 한인 민박도 정말로 좋았다. 하지만 그 때문에, 그 즐거움과 편안함에 본능적으로 도전을 거부하고 있었을 지도 모른다. 언제가 될진 모르지만, 다음이 있다면 꼭 경험해보고 싶다. 그런 의미에서 연정이가 참 부럽더라! 짐을 다 챙기고 민박에 보관한 뒤 런던아이를 보러 갔다. 사실 한번 타고 싶어서 조금 서둘렀는데, 이미 폐장했더라. 야경을 보기 위해 높은 관람차

타워브리지

를 타는 것일 텐데, 런던아이는 해 질 무렵이 폐장 시간이었다(폐장했지만 여전히 빨갛고 파란빛의 런던아이는 밤을 밝히고 있었다). 아쉬운 대로 천천히 저녁의 도심을 구경하며 식사를 하러 갔다.

아무리 그래도 다른 나라에 와서 그 나라의 대표 음식을 먹지 않는 것은 나에게도, 이 여행에도, 이 나라에도 예의가 아니었다. 런던에 있는 5일 동안 만날 차이나타운만 갈 수는 없는 노릇이다. 감사(?)하게도 스테이크가 전통음식인 나라가 바로 영국이다. 프러포즈를 하거나 강이 보이는 5성급 호텔에서 썰어 먹는 고급스러운 분위기는 아니었다. 적당한 소음이 있고, 스탠딩 테이블이나 좌석 간 거리가 그리 멀지 않은(사실은 같은 일행인 양 붙어 앉았다) 식당이 많았다. 그만큼 적당하게 즐겨 먹는 메뉴인가 보다. 그래도 소고기인 만큼 검색을 해서 유명한 식당에 갔다. 번호표도 받았고 기다리는 동안 그 주변도 한 바퀴 돌면서 밤 도시를 감상… 하려 했지만 생각보다 어두웠다. 생각보다 늦게까지 불을 밝히는 식당이나 상가는 없었고, 가로등만 곳곳에 쓸쓸히 어둠을 늦추고 있었다. 스테이크는 맛있었다. 나름 코스를 갖추어 나오는 요리였다. 장이 좋지 않아 늘 잘 익혀 먹었던 고기였는데, 레몬즙을 살짝 얹은 미디엄 레어의 식감도 나쁘지 않았다.

연정의 숙소는 버스를 타고 20분 정도 가야 하는, 도시 외곽에 있는 주택이 많은 언덕에 있었다. 주변으로 큰 주택(저택까진 아니고)이

줄지어 있는 것이, 우리나라 수도권 주변의 신도시 같았다. 다른 점은 아파트가 아니라 정원과 울타리, 그리고 자전거가 세워진 마당과 조그마한 흰색으로 색칠된 나무 대문에 개인 우체통이 있는 주택이라는 점. 호스트분이 주무시고 계셔서 벨을 누르는 것이 미안했지만, 늦은 밤에 마냥 기다릴 수 없어 조심스럽(지만 길)게 초인종을 눌렀다. 그렇게 연정을 바래다준 뒤 버스 시간이 조금 남아서 조금 더 주택가를 서성였다(사실 버스를 놓쳐서 다음 차인 막차까지 시간이 아주 많았다). 물론 어둡고 조금은 음산했지만 산책하기 나쁘지 않은 거리와 분위기였다. 다만 시간이 조금 더 지난다면 누군가 이 밤거리를 혼자 서성이는 나를 신고할 수도 있을 것 같이 아주 조용하(다 못해 개미 발소리도 들릴 것 같은)고 갈수록 가로등이 흐려져 가는 어두운 동네라서 그다지 오래 걷지는 않았다. 심야버스는 나와 기사님, 한 외국인 셋이었다. 이내 그 승객이 내리고 나와 기사님 둘이서 광란의 질주를 했다. 신사의 나라 영국의 밤거리 버스 운행은 아우토반을 달리는 것과 같은 스릴을 느끼게 해 주었다. 덕분에 아주 빠르게 민박에 도착했다.

다섯 번째

어제 함께하지 못한 건이와 점심 식사를 함께 했다. 일식집에 가서 라멘을 먹었다. 차이나타운에서 먹은 중식, 오늘 먹은 일식, 숙소에서 먹었던 브런치와 한식. 런던에 와서 한 식사들은 어제 먹은 스테이크를 제외하면 한국과 많이 다를 것이 없었다. 옆 테이블에 있는 손님들이 외국인이 아니었다면 한국이라고 해도 믿었을 것이다. 런던스러운 일식을 먹고 건이와 한적한 거리를 걸었다. 그러다 마주한 공원에 앉았다. 주말이라 그런지 사람이 참 많았다. 탁구대도 있었고, 울퉁불퉁한 콘크리트와 보도블록 바닥에서 스케이트도 타고 한쪽에선 버스킹도 하고 있었다. 난잡한 느낌이 없지 않았지만 나쁘지 않았다. 그리고 탁구치는 걸 보니 나도 치고 싶었다. 누군가 나더러 가장 잘하는 스포츠를 꼽아보라면 당연 탁구라고 대답한다. 고등학교부터 군대 제대까지 정말 자주 탁구를 했고, 그때는 프로가 아니면 정말 다 이길 수 있을 것 같은 자신감도 있었다. 지금은 폼이 다 죽어 영 실력이 별로지만 그래도 한 게임 부탁해 볼까 했는데, 용기가 나지 않았다. 멍청이. 이곳까지 와서 쓸데없는 체면이나 차리다니. 스페인에 있을 때, 특히 바르셀로나에 있을 때는 일부러 한적한 공원을 찾아갔는데, 길거리 축구를 하는 무리에 끼어 함께 공을 차고 싶어서 그랬다. 그때는 찾아도 없어서 못 했는데, 막상 기회가 생기니 꼬리를 내리는 모습이 참 못났다.

구경만 열심히 하다가 비교적 한적한 곳으로 가서 벤치에 앉았다. 수첩과 볼펜을 꺼내 하릴없이 끄적이며 시간을 보내다가 건이를 보내고(건이는 저녁만 되면 자꾸 어디론가 사라진다) 다시 리젠트 스트리트로

리젠트 스트리트

H&M
NFL ON
REGENT
STREET
Piccadilly Circus
Trafalgar Square
Marble Arch
FURLA

NFL ON
REGENT
STREET
FURLA

갔다. 유럽여행 중에 가장 이국적인 느낌을 받은 곳 한 곳만 정해보라고 한다면 당연히 이곳이라 하겠다. 자연이 아름다운 관광지나 역사적 의미가 담긴 성당이나 예쁜 건축물이 아니다. 그들의 생활의 중심에 들어온 느낌이다. 리젠트 스트리트부터 시작해 괜히 지하철도 몇 번 더 타보고 킹스크로스역에서도 하릴없이 서성였다. 영국 드라마 셜록 홈스의 배경이었던 베이커가 221B도 가보고 해가 저물 즈음에는 타워브리지와 빅 벤, 런던아이도 다시 보고 왔다.

저녁 먹을 시간이 조금 지나서 민박에 돌아왔다. 사실 오늘 온종일 마음 한구석이 찜찜했었다. 설마 하는 생각으로 애써 확인을 거부했었다. 휴식을 취하는 지금, 그리고 내일 비행기를 타야 하는 지금 더는 미뤄야 할 변명거리가 없었다. 아니길 간절히 바라는 마음으로 비행기 티켓을 확인했다. 역시나… 오늘이다. 귀국 날짜는 오늘이었다. 세 번 네 번 확인해도 오늘이었다. 급하게 내일 비행기를 알아봤다. 비싸다. 왕복 100만 원을 조금 더 내고 왔는데, 편도는 80만 원 정도 한다. 예매를 해야 하나… 해야겠지? 어쨌든 돌아가야 하니까. 난 왜 이렇게 멍청하지? 스스로가 참 한심하다는 생각과 자괴감이 들었다. 이왕 이렇게 된 거, 영국의 다른 도시도 더 돌아보다 갈까? 아니야, 한국에서도 할 일이 있는데… 혼자 고민하다가 혹시나 하는 마음에 항공사에 전화를 해 봤다. 다행히 10만 원의 수수료를 내면 다음 날 비행기를 탈 수 있었다. 정말 다행이다. 긴장과 자괴감이 온몸을 싸고돌았었는데 서서히 가라앉는다. 사람 마음이 참 웃기다. 80만 원의 부담감은 스스로를 참 어리석고 무능하며 인생에 되는 게 하나도 없는 낙오자로 만들어버렸는데, 10만 원으로 줄어든 부담감은 웃어넘길 수 있는 실수였고 자유로운 하루를 10만 원에 산 것 같은 나쁘지 않은 기분이었다. 결국 나는, 나의 여유는 아직 돈에 머물러 있다.

긴장감이 한순간에 풀려버렸다. 밀려오는 안도감. 여행 초기엔 여행을 끝내고 한국으로 돌아오게 될 순간을 생각하면 정말로 많이 아쉬울 거라 생각했었다. 여행을 다녀오자고 마음먹기까지 참 험난한 과정이 있었고, 그만큼 이번 여행에 아주 큰 기대와 의미를 담았기 때문이다. 그렇기 때문에 이곳은 힐링이 되며 인생의 큰 전환점이 돼야 하는 곳이었다. 이곳에서 소모한 시간과 돈과 감정이 아무것도 아니게 되는 것이 가장 큰 두려움이었다. 더 많이 보고, 더 많은 생각을 하고, 더 많이 무언가를 채워야 하는 여행이었다. 그래서 돌아가야 할 시간이 가까워질수록 아쉬움이 필연적으로 남았으면 했다.

비록 아쉬움이 기대했던 것만큼 크지는 않았지만 분명 내게 좋은 계기가 됐던 여행이었다. 잘 쉬었고, 무엇보다 한국에 돌아가서 도전하게 될 순간이 기대가 됐다. 작가가 되기 위해 출발하는 시작점은 얼마나 설레고 멋진 풍경일까? 산티아고 순례 길을 떠나는 그들의 첫걸음과 같을까? 여행 이후 나의 삶을 살라는 어머니의 말씀에, 가게를 외면하고 떠날 이기적인 확신이 필요했었다. 그 확신은 작가가 되고자 하는 확고한 의지이기도 하다. 아마도 만남을 통해 꾸준히 내 꿈과 상황에 대해 이야기하고 도전하고자 하는 마음을 내 비추었던 것은 그 때문이리라.

물론 걱정도 된다. 한국에 돌아가서도 지금의 여유롭고 자유로운 마음을 이어갈 수 있을까? 작가가 되고자 시도하는 모든 것에 금전적 부담이 따르고 도전에 따른 성과물들은 점점 나를 옥죄어 올 것이다. 어쩌면 이것은 여행의 연장선에 놓여있는 일일 것이다. 한국으로 돌아가는 것은 일상으로의 복귀가 아니라 이번 여행을 마음먹은 것처럼 도전의 연속일 것이다.

에필로그

군대에 있을 때 미래에 대한 생각을 참 많이 했었다. 전역을 하면 정말이지 무엇이든 할 수 있을 것 같았다. 그 자신감은 생각했던 삶을 겪어보지 않았기에 가질 수 있었던 자신감이었다. 계획한 일을 시작하기 전과 시작한 후 나의 의지는 어떻게 달라질지 모른다. 휴가 때 가족들에게 나의 번뜩이는 미래의 계획에 대해 말할 때면, 나의 비장한 36가지 경우의 수보다 1,492배쯤 많은 현실의 변수들을 알려주곤 했다. 그러면 휴가 복귀하고 군대에 돌아가 다시 그 변수들을 고려한 다른 대안들을 생각하곤 했었다. 전역을 하고 대학까지 졸업한 지금은, 그때의 생각과 전혀 다른 삶을 살고 있다. 현실은 참 많은 변수들이 존재한다. 어느 것 하나 내 맘대로 흘러가는 것이 없다. 먼 미래의 이야기일수록 더 그렇다.

유럽을 다녀오고 2년이 지났다. 유럽을 다녀온 직후 계획대로 꿈을 위해 상경했었다. 아무것도 신경 쓰지 않고 오롯이 작가가 되기 위한 도전을 하고 싶어서 방을 구하고 2년 정도 시간을 가져볼까 했다. 유럽에서 계획했던 대로 말이다. 그러나 아무것도 신경 쓰지 않기에는 신경 쓰이는 것들이 너무 많았다. 마냥 집에서 보내주는 돈으로 생활하는 것이 부담스러웠다. 글에만 집중하고 싶어서 다른 일을 하지 않았던 것이었는데 이런 식으로는 집중할 수 없었다. 그래서 알바를 하면서 돈에 대한 부담을 줄였다. 차악을 택한 것. 그러나 이내 다른 걱정거리가 생겼다. 오랜 기간 우리 가게에서 일하셨던 분이 있는데 개인적인 사정으로 그만두셨다더라. 그렇게 믿을 만하고 오랜 기간 일할 수 있는 사람을 찾는 것은 쉬운 일이 아니다. 이후 알바는 잘 구해지지 않았고 어머니가 일하는 시간이 많아졌다. 어머니는 갈수록 건강이 나빠지셨다. 애써 외면하며 서점에 들러 책을 읽고 글을 썼지만 이미 마음은 다른 데 가 있었다. 결국 어머니는 허리를 크게 다치셨고 나는 고작 6개월만을 불편한 마음으로 글을 쓰다가 다시 여행하기 전과 같은, 어쩌면 더 나빠진 일상으로 돌아가게 됐다.

현실은 수많은 변수를 동반한다. 미래에 대한 계획은 그 변수 앞에 초라해지기 마련이다. 그런데 나는 지금 책을 쓰고 있고, 이제 거의 다 써서 출판을 목전에 두고 있다. 사실 요즘은 작가가 된다는 생각에 조금 재밌기도 하다. 무엇이 달라졌을까? 무엇이 달라졌기에 힘든 일상을 살아가는 중에 글을 쓸 생각과 시간을 가질 수 있었던 것일까? 불확실한 미래의 억측을 이기고 글을 쓸 수 있었을까?

달라진 것은 상황이 아니라 마음이다. 현실을 인정하는 마음. 그

현실 속에서 틈을 찾고자 하는 의지가 다른 마음을 먹게 한다. 가게 일은 피할 수 없는 나의 숙명과 같은 것인 것을 이제서야 알았다. 적어도 남은 계약 기간만큼은 벗어날 수 없었다. 벗어나려 할수록 더 깊이 빠져들어 숨통을 죄어오는 늪과 같은 것이었다. 그럴 바에는 어머니의 건강이라도 챙기자는 마음에 가게를 아주 받아서 운영했다. 피할 수 없으면 즐기라는 말이 29년 만에 납득이 갔다. 꿈을 포기한 것이 아니라 단순히 꿈을 잠시 미뤄두고 지금 일에 집중하고자 했을 뿐이다.

그렇다면 여행은? 우려했던 단순한 돈과 시간의 소모는 아니었다. 결과적으로 3주간의 여행은 여행을 다녀온 자체만으로 큰 소득이 됐다. 그 기간 동안 잘 쉬었고 좋아하는 축구도 봤다. 결정적으로 이 책을 쓸 수 있게 해준 아주 소중한 글감이 됐다. 바쁘고 힘든 와중에 억지로 글을 쓰려고 하지 않아도 생각나서 책상에 앉게 되는, 아주 쉽게 떠오르는, 기분 좋게 쓸 수 있는 만만한 글감이었다. 이 책이 나의 인생에 어떤 위대한 업적이나, 베스트셀러가 되리란 기대는 하지 않는다. 다만 작가가 되기 위한 출발점이 된다는 것만으로 충분히 의미가 있다. 이렇게 보면 미래에 대한 계획이나 일상을 벗어난 도전들 역시 내가 사는 현실의 수많은 변수 중에 하나인 것이다. 그리고 그 변수는 나의 의지의 관성에 이끌리기 마련이다. 주체적인 삶은 이것을 뜻하는 것일 수도 있겠다.

이제는 여행이라는 변수를 늘 기다리게 됐다. 상황이 여의치 않지만 어디든, 언젠가 다시 가게 될 날을 기대한다.

여행을 다녀올 수 있게 도와주신 사랑하는 어머니와 옆에서 함께 도와주신 백영숙 아주머니와 김현철 아저씨. 숙소와 주의사항 등 여행 계획에 도움을 준 제수경 제현규 남매. 좋은 기억을 함께 공유하고, 사진과 기억을 제공해 준 여행에서의 만난 모든 인연. 그리고 하나님께 감사의 말씀을 올립니다!